Sonya
ソーニャ文庫

狂犬従者は愛されたい

春日部こみと

イースト・プレス

contents

序章

導かなくては。

人として正しくあるように。

人として幸福であるように。

(あの子は、誰よりも幸せになるべきなのだから)

自分は、あの子を幸せにする義務がある。

あの子から家族を奪い、意思を奪い、感情を奪い、人としての尊厳を奪った一族の最後の生き残りとして、その罪を贖《あがな》う責任があるのだ。

「お前は、自由にならなければ……」

知らず、独り言が口から洩《も》れた。

まるで呪文だ、と苦い笑いが込み上げる。

これまで何度同じ言葉を繰り返してきただろう。

あの子と過ごした、長いようで、あっという間だった年月――毎日、事あるごとに、口《くち》癖《ぐせ》のように言っていた台詞だ。

そして、紛れもなく、それは自分の心からの望みでもあった。

自分はあの子の枷《かせ》にしかならない。

加害者で、重荷で、枷で……ろくでもないものだ。

これまで共にいたのは、罪滅ぼしのため。

自分の罪を少しでも軽くしたい。

そんな自分本位な願望であって、決してあの子のためなどではなかった。

(いや、それどころじゃない……)

クスリ、と自嘲《じちょう》が零れる。

贖罪《しょくざい》などと、烏滸《おこ》がましい。

あの子から奪ったものを返さなくてはならない自分の方が、それ以上のものをもらってしまっているというのに。

人の温もり、優しさ、無垢《むく》さ、そして何より、人を愛しいと思う感情を。

(私は、お前から多すぎるほどのものをもらっているのよ)

あの子を愛おしいと思うこの心だけで、自分はこの先の人生を生きていける。

あの子の幸せを願うだけで、自分の未来はきっと満たされていくだろう。

その証拠に、あの子の笑顔を眼裏《まなうら》に思い浮かべるだけで、この胸には甘い幸福感が広がっていくのだから。

（これ以上、何を求めるというの）

罪に塗《まみ》れたこの身が受けるには、過分なまでの幸福だ。

――もう、十分だ。

「だからお前は私のことなど忘れて、どうか、幸せにおなり――」

第一章　青

ライネリアの一番好きな色は、青だ。

よく晴れた初夏の空のような、透き通った青。

それは大好きな幼馴染《おさなな》み《じ》の瞳の色だった。初めて会った時、こちらを覗き込んでくる空色の瞳を、「きれいだな」と感じたのを覚えている。

幼馴染み――マレルナは、ライネリアにとって姉のような存在だ。

皇帝である父は多忙で滅多に会うことができないから仕方ないが、それでも下手をすると母妃や兄弟よりも傍にいてくれる、血の繋がった家族よりも近い存在だった。

楽しい時には一緒に笑い合って、悲しい時には寄り添ってくれた。

嫌いな牛乳を飲む時には、鼻を抓《つま》めばいいと教えてくれたし、怖い絵本を読んで眠れなくなった時には、こっそり一緒のベッドで眠ってくれた。

朝になり一緒に寝ているところを見られて乳母に叱られてしまったけれど、マレルナは

『気にしないでください』片目を瞑《つむ》って笑った。

マレルナは乳母の説教なんてへっちゃらなのだ。

すごいなぁ、と思う。ライネリアは今年十五歳になったが、未だに乳母から叱られるのが怖くて仕方ない。あの雪だるまのように大きな身体を揺すって「まだおしおきが必要ですか？」なんて言われたら、小さい頃のように尻を打《ぶ》たれるのではと震え上がってしまうくらいだ。

どうしてそんなに強くあれるのかと訊ねたことがある。するとマレルナは『もっと怖いものを知っているから』答えた。

その時の、少しだけ苦しそうな顔が、妙に心に焼き付いたのを覚えている。

自分には到底できないような、複雑な表情だった。

そんなところにも、憧《あこが》れを抱いてしまう。

（マレルナは、かっこいい）

ライネリアにとって、誰よりも優しくて、誰よりも頼もしい、守護天使のような存在だ。

マレルナが大好きだから、ライネリアの一番好きな色は、彼女の瞳と同じ、青なのだ。

「マレルナ！　待って、待ってよ！」

今もその幼馴染みの後を追いかけて、もたつく足を懸命に動かし、星見の塔の階段を駆け上がる。

先を行くマレルナは、顔だけを動かしてこちらを振り返ると、大きな声で叫ぶように言った。

「皇女様《ひめ》、早く！」

上る速度を緩《ゆる》め、長い腕をこちらに伸ばしてくれる。すんなりと伸びたその腕は、真っ白なライネリアの肌よりも濃い、褐色をしている。

それは異民族である証拠だ。王宮《ここ》に住まう人たちは、このルキウス帝国の貴族の出がほとんどだ。つまりライネリアと同じ白い肌をしていて、中にはマレルナの肌の色を露骨に嫌う者もいる。

『あの下賤《げせん》の者、うろちょろと目障りな。どれほど掃除をしても、あの黒い手で触れば、そこが汚れてしまうわ』

ライネリアの部屋の掃除に来た下女までがそんなことを言っているのを聞いた時には、あまりの言い草に頭に血が上ってしまった。

『マレルナは私の親友よ！　悪く言う者は許さない！』

怒りのあまり半分泣きながら叫んだライネリアに、下女も、一緒にいたマレルナまでも仰天していた。

下女が青い顔をして平伏し、何度も謝ってきたが、ライネリアの怒りはなかなか収まらなかった。この下女が謝っているのは、ライネリアが皇女であるからで、マレルナに悪かったとはちっとも思っていないのが分かっていたからだ。

なかなか許しの言葉を与えないライネリアを諫《いさ》めたのは、他ならぬマレルナだった。

『皇女様、もうそこまでに。私はなんとも思っておりません』

ライネリアは、でも、と眉根を寄せて抗議した。

大好きなマレルナを悪く言った者を許したくなかった。

下女の言ったことは言いがかりも甚《はなは》だしい。

マレルナの手は汚れてなどいないし、どこかを汚したことなんて一度もないのに。肌の色が違うことが、どうしてそんな謂《い》われのない難癖を付けていい理由になるのか、自分にはまったく理解できない——そう言い張るライネリアに、マレルナは困ったように笑った。

『それでも私は、私のために皇女様が誰かを傷つけるのを見たくはないのです』

その台詞にライネリアはハッとさせられた。

ライネリアは、無意識に自分が皇女であることを笠に着た言動を取っていたことに気づいたのだ。

ライネリアは皇女だ。当然ながら、この国で自分より上の身分の者などほとんどいない。つまり、今目の前で土下座して謝っているこの下女には、どんな罰でも下すことができる立場だ。

(……私はそれが分かっているからこそ、この下女を『許さない』と言えるのだわ……)

怒りの感情のまま許さないと言い続ければ、やがて他の者に騒動を気づかれる。そうなれば、この下女は皇女の勘気《かんき》を被《こうむ》ったとされ、酷い罰を与えられるだろう。

(特に、お父様やお母様に知れたら……)

ライネリアの両親は、一度腹を立てたら手が付けられなくなってしまう。

ライネリアは自分の意志で誰かを罰したことはなかったが、父帝や母妃が部下や使用人に酷い罰を下すのを何度も見てきた。王族であるライネリアの家族は、誰かを罰することを躊躇《ちゅうちょ》しない。当たり前だ。それが彼らに与えられた権利なのだから。

だがライネリアには、両親の振るう権力が、酷く恐ろしく思えた。

彼らはあまりにも簡単に罰を下す。

父の意にそぐわぬ進言をした部下は、民衆の前に裸で吊るされた後、首を刎《は》ねられた。

母の衣装を誤って汚してしまった下女は百叩きに処された。罪人を鞭《むち》打つ役人は屈強な大男で、そんな男の振り下ろす鞭の衝撃に、女の細い身体などひとたまりもない。十回目で皮膚は裂け、回を追うごとに役人の白い装束は血飛沫《ちしぶき》で赤く染まっていった。侍女は二十三回目で意識を失い、五十数回目で事切れた。

ライネリアの目には、彼らがそれほどの罪を犯したようには見えなかった。罰された人たちのことをよく知っているわけではないが、いずれもよく父や母に仕えてくれているように見えた。

そんな人たちに、何故父も母も、あのような恐ろしいことができるのだろうか。

皇族だという理由だけで、あれほど簡単に人の命を奪っていいものなのか。

父も母も、ライネリアには優しい。十三人いる子が皇子ばかりで、皇女は末子のライネリア一人であるせいもあるのだろう。兄たちが口を揃えて「父上も母上もライネリアには甘い」と文句を言うほどだ。

だからこそ、自分には優しい両親が、何故下の者に対してはあれほど残酷になれるのか、ライネリアには分からなかった。だが父と母が間違っているなどと口にできるわけがない。

（でも、それでも……自分が気に食わないからという理由で、他の誰かを罰することを、私は恐ろしいと思う……）

自分にはとてもできないと思っていたというのに――。

（今、私は同じことをしようとしていた……）

自分が手を下さなくとも、騒ぎになって父や母の知るところとなれば、この侍女が厳罰に処されるだろうことは考えなくても分かる。一時の激情に任せた行動を取っていたら、後悔してもしきれない事態になっていたに違いない。

それを止めてくれたマレルナに、ライネリアは感謝の気持ちでいっぱいになった。

同時に、自分のことを自分以上に理解してくれている、この空色の瞳の幼馴染みを、より一層尊敬した。

（マレルナは、私がお父様やお母様の苛烈《かれつ》さに心を痛めていることを知っていてくれた……！）

この国の皇帝と皇妃に誰一人として逆らえないこの状況で、娘といえど――いや、娘だからこそ、彼らの行動に異を唱えることなどできはしない。見て見ぬふりをし続けなくてはならないライネリアの葛藤《かっとう》と恐れに、マレルナだけが気づいていてくれていたのだ。

誰かが自分の想いを知っていてくれる――その事実に、ライネリアは救われた心地がした。

（マレルナは、私の一生の宝物だ……！）

一番の理解者で、唯一無二の親友――彼女を自分のもとに授けてくれた運命の神に、ライネリアは心から感謝した。

「皇女様！　ほら、向こう！　船が！」

ライネリアの腕を引き寄せたマレルナが、目を細めて遠くを指さす。その長い人差し指の先には青く輝く海があって、そこに豆粒ほどの大きさの白い帆船《はんせん》が浮かんでいた。その美しい景色に、ライネリアは歓声を上げる。

「わぁっ……！」

帆船を見るのは初めてだ。兄たちは父に連れられて見たことがあるらしいが、ライネリアはまだ幼いということと、女であるという理由から連れて行ってもらえなかった。

この国では、女であっても騎士になれたり貴族位を継げるにもかかわらず、皇女であるライネリアに許される自由は少ない。父と母が過保護であるからというよりは、ライネリアには将来、この帝国のために政略結婚をする義務があるからだろう。使い勝手の良い政治の駒をホイホイと外に出して、万が一のことがあってはならないと、王宮の中にしまい込まれているのだ。

好奇心旺盛なライネリアは、そこが不満でならない。だが両親に逆らえるわけもなく、その愚痴《ぐち》をこっそりとマレルナに零していた。

　すると彼女が連れて来てくれたのが、王宮内にあるこの星見の塔《とう》だった。昔の皇帝が占星術を好み、星を読むために造らせたものだったが、今ではあまり使われることがない。

だが塔というだけあってとても高く、そこからならば遠くまで見渡せるのだそうだ。

『きっと海も見えると思います』

　マレルナが言った通り、ふぅふぅと息を吐きながらようやく登り切った塔のてっぺんからは、遠くの空の下に繋がって広がる、深い青色が見えた。

「すごい……！　あれが、海……！」

　赤茶けた屋根が重なる城下町のずっと奥に、菫青石《アイオライト》のような青が見えた。濃い藍色と淡い紺色の混じった、複雑な色合いだ。

　こんな美しい青があったなんて。マレルナの瞳のような空色も好きだが、今見ている海の青色は、ライネリアの中に新しい感動を生んだ。

　王宮の外を知らないライネリアの胸の中に、海に対する憧れが広がっていく。

　あの宝石のような深い青の正体が塩辛い水だなんて、本当だろうか。その水の上に浮かぶあの白い船は、人を百人以上乗せられるらしい。きっと近くで見ると、びっくりするような大きさなのだろう。

「あの海の向こうには、たくさんの国があるって、お父様が仰っていたわ。ねえ、マレルナ、どんなだと思う？　お父様の話では、金がたくさん採れる山があるんだって。きっとものも！」
豪華絢爛《ごうかけんらん》な、天国のような国よ。だって魚まで金色をしているって、お兄様が言っていたもの！」

食い入るように海に見入ったまま、ライネリアは早口で喋《しゃべ》った。何かに夢中になると、考えていることがそのまま口から転がり出るという、ライネリアの悪い癖だ。皇女たるもの、神々しくあらねばならず、こんなふうにペラペラとお喋りをしてはいけないのだと、母や乳母からしょっちゅう叱られているというのに、なかなか直らない。

今も「しまった」と内心思って手で口を覆ったが、マレルナはまったく意に介していないようだった。

「魚まで金色なのですか。すごいですね」

柔らかい口調で返された。叱られなかったことにホッとして、ライネリアは口から手を離す。

(そうだ。マレルナがこんなことを注意したりするわけないのに……)

マレルナはライネリアに『皇女』であることを求めない。ただのライネリアとして接してくれるのだ。

ライネリアは、マレルナと二人きりでいる時だけ、自分の気持ちを自由に言うことができた。

「すごいわ。いつか、私も海に出て、海の向こうの国に行ってみたい……。王宮の中は、息が詰まるから……」

つい漏らしてしまった後半の言葉に、マレルナが同情するように肩に触れた。

彼女はライネリアが王宮――というよりも、皇族であることに違和感を抱いていることを、感じ取ってくれているのだ。

（私は、お父様とお母様みたいには、できない……）

皇族然として、周囲の者と自分とを明確に区別し、己が優位であることを誇《ほこ》る――そんな態度を取ることができないのだ。

両親は自分に甘いけれど、それは優しさというよりも、己の自己満足といった感じが強い。自分への愛情は彼らの気が向いた時に戯《たわむ》れに施されるものでしかないことに、ライネリアはもう気づいていた。

彼らにとって子どもは、都合のよい時に可愛がるだけの、愛玩《あいがん》動物のようなものでしかないのだ。

だからライネリアは、自分の世話を焼いてくれる使用人たちの方が、近しい存在のように感じてしまう。彼らは父や母と同じ人間で、心ない者や怠《なま》け者もいるが、大抵は親切で働き者だ。そんな彼らを些細な失敗で殺してしまうなんて、恐ろしく、許されないことなのではないかという疑問が、お腹の奥底にずっと燻《くすぶ》っている。

「皇女なんてやめてしまって、海の向こうへ逃げてしまいたいなぁ……」

自嘲めいた微笑みを浮かべて吐き出すと、マレルナが繋いでいた手をギュッと握った。

「その時は、私もお伴させてください」

その言葉に驚いて、ライネリアはマレルナを凝視する。海の向こうに逃げた時、自分は皇女ではないだろう。それなのに、付いてきてくれるのだろうか。

「私、きっとその時は、ただのライネリアになるのよ。それでも、一緒に来てくれるの？」

言いながら、ばかげたたられば話だと思う。自分にはそんな度胸も根性も行動力もないのに。

けれどマレルナはニッコリと笑って頷いた。

「だからこそ、です。その方が何百倍も楽しいはずですから！」

彼女にしては珍しいはしゃぐような明るい声が嬉しくて、ライネリアはパッと笑顔になった。

大好きなマレルナと未知の国を冒険する——想像するだけで楽しそうだ。何より、マレルナが一緒に付いてくると言ってくれたことが、胸が弾けそうなほど嬉しかった。

「もちろん！　ずっと一緒よ、マレルナ！」

ライネリアが頷くと、マレルナも嬉しそうに首肯した後、何かを思い出したようにハッとした顔になる。

「あの……もし、皇女様が許してくださるなら、弟も一緒に連れて行ってもいいですか？」

「弟？　マレルナ、弟がいるの？　あれ、でも……」

初めて聞く話に、ライネリアは首を捻って言い淀《よど》む。

マレルナは孤児だと聞いていたからだ。父が長年の悲願である大陸制覇のために遠征を繰り返しているせいで、各地で多くの戦災孤児が生まれている。だが、父はそれすらも利用し、戦災孤児を集めて戦士として教育する『蟻《あり》の巣』という組織を作った。

マレルナもその中の一人だった。

ライネリアの逡巡《しゅんじゅん》に、マレルナは微苦笑を浮かべる。

「……お察しの通り、本当の弟ではありません。先の戦争で私が両親を喪《うしな》った時、隣の家にも母親を殺された幼い子どもがいました。弟――ウルリヒは、その子なんです」

マレルナの言う先の戦争とは、旧レンベルク王国の東南の国境で起きた異民族の暴動のことだろう。

大陸の中央にあったレンベルク王国は、帝国の圧倒的な軍事力に恐れをなし、また最後のレンベルク王となったオイゲン王が皇帝のカリスマ性に心酔したことで、数年前に争うことなく属国へと下った。

南北を海に囲まれた横長の領土であるレンベルクは、東への侵攻を進める際の要所である。同時に、東西の文化のぶつかり合う抗争地帯でもある。その証拠に、レンベルクでは今もたびたび暴動が勃発しており、特に六年前に起きた国境警備軍と異民族との衝突は、戦争と呼んで差し支えないほどの規模にまで広がり、多くの民が命を奪われる凄惨なものとなった。

マレルナはその時の被害者の一人なのだ。

「隣家の女性は一人で子どもを育てていた人で、お節介な私の母が気にかけて、何かと世話を焼いていて……私がその子のお守りを引き受けることもありましたから、よく知っていたのです。その子――ウルリヒは死んで動かなくなった母親の傍で泣いていました。私は放っておけなくて……ウルリヒを弟にして、一緒に生きることにしたんです」

そう語るマレルナの空色の瞳は、優しくうるんでいる。きっと弟のことを思い出しているのだろう。

「そうだったのね。ええと、マレルナが今、私と同じ十五歳だから、当時は……」

「九歳ですね。ウルリヒは二歳くらいだったでしょうか……。乳離れが終わっていたのは救いでした」

九歳、という答えに、ライネリアは驚いた。まだ子どもでしかない年齢だ。その頃の自分は、怖い夢を見たからと母のベッドに潜り込んでいたりした。そんな幼い時に、マレルナは血の繋がらない赤ん坊の面倒を見ていただなんて。

「だ、誰か、大人の人に預けたりしなかったの？」

自分には到底できない、と思いながら訊ねると、マレルナは「まさか」と肩を竦《すく》める。

「戦争の後、村は焼け野原で、他人の世話を焼く余裕なんて誰もありませんでしたから。私とウルリヒは、たまたま『蟻の巣』に拾われたのでこうして生きて来られましたが、餓死した孤児も多かったそうです」

「そう……」

被害に遭った民がそんな暮らしをしていたにもかかわらず、自分は王宮の中でぬくぬくとしていたのだと思うと、妙に罪悪感に苛《さいな》まれた。

「じゃあ、その弟も今、『蟻の巣』に？　マレルナみたいな強い戦士になるために頑張っているのね……」

何気なく訊いた質問に、マレルナが一瞬顔を曇らせる。それは不愉快そうな、憎しみの籠もった表情だった。彼女のそんな表情を見たのは初めてで、ライネリアはギョッとしてしまう。だがそれは本当に一瞬で、すぐにいつもの優しい笑顔になった。

(……見間違いだわ)

マレルナがあんな恐ろしい顔をするわけがない、と結論づけて、ライネリアはそれ以上考えるのをやめた。

「そうです。ウルリヒもまた、立派な『蟻』となるために訓練を重ねていると思います」

『蟻の巣』で鍛えられた戦士は『蟻』と呼ばれ、戦場に出る者もいれば、マレルナのように皇族の護衛になる者もいる。

「そっか。偉いのね……まだ、小さいでしょうに」

「……八歳になった頃ですね。もう何年も会っていないけれど、きっと大きくなっているでしょう」

マレルナが遠い空を見上げながら呟くのを聞いて、ライネリアは胸が痛んだ。

五年前にライネリア専属の護衛になってから、マレルナは片時も自分の傍を離れない。

それはつまり、マレルナから家族との時間を奪ってきたということだったのだ。

てしまうのだ。

（……そうか、だから、マレルナは、弟を連れて行きたいと言ったのね……）

ライネリアと一緒に海の向こうへ行くとなれば、マレルナはますます弟に会えなくなってしまうのだ。

それならば、とライネリアは力強く頷いて言った。

「ええ、もちろんよ！　私たちが外国に行く時は、必ず、あなたの弟……ウルリヒも連れて行きましょう！　いいえ、絶対に連れて行くわ！」

父帝にダメだと言われても、食い下がって、説得して——なんだってして、必ずマレルナの弟を連れて行こう、とライネリアは決意する。その程度の努力、これまでマレルナが自分にしてくれたたくさんのことに比べたら、容易いことだ。

鼻息も荒く宣言したライネリアに、マレルナは呆気に取られた顔をしてから、プッと噴き出した。それを見ていたらなんだか自分もおかしくなってきて、ライネリアも噴き出してしまい、二人して大声で笑い合う。

「——ああ、もう、皇女様ったら……」

目尻に滲《にじ》んだ涙を拭《ぬぐ》いながら言った次の瞬間、マレルナの表情が一変した。

何かに気づいたのか、ハッとした顔をしたかと思うと、眦《まなじり》を吊り上げてライネリアを庇《かば》うように素早く背後を振り返る。

「皇女様、お下がりください……！」

押し殺した声で言われ、ライネリアはようやく己に迫った身の危険を察知した。

（刺客……!?）

マレルナの肩越しに扉の方を見遣れば、顔を布で隠した男たちが、入り口から音もなくするりと現れ出るところだった。

（しまった……！　でもまさか王宮内にまで刺客が入り込むなんて……！）

背中に冷や汗が伝うのを感じながら、ライネリアは臍《ほぞ》を嚙む。

王宮の敷地内とはいえ、この星見の塔は人気のない離れた場所にある。こんな場所に子ども二人で来るなんて、襲撃してくれと言っているようなものだ。

父帝は偉大なる覇者であるが、苛烈な性格のせいで敵も多い。命を狙われることは日常茶飯事で、それは父の娘であるライネリアも同様だった。もっとも、ライネリアの場合は命を狙われると言うよりは、誘拐目的だろうが。

ライネリアにマレルナが付けられているのは、そういう理由だ。

マレルナは『蟻』だ。ありとあらゆる体術を身に着けており、刃物を持たせれば大人の男性であっても倒してしまうほどの手練れで、最年少で皇族の護衛になった逸材《いつざい》と言われている。

けれど、とライネリアは覆面の男たちを睨《にら》みながら思う。

（マレルナは強い……。でも、こんな数の男たちを相手にするなんて……！）

男たちは、見えるだけで五人はいる。いくらマレルナが手練れだと言っても、対格差は歴然としている上、複数を相手にするとなると状況は良いとは言いがたい。おまけに、ここは高い塔のてっぺんで、出入り口はたった一つ。そしてそれは敵方に押さえられてしまっている。

(どうしよう……！　どうしたらいいの……!?)

恐怖と焦りから、ガクガクと足が震え始めたライネリアの手を、マレルナが握った。

「皇女様。私を信じてくださいますか？」

ライネリアはハッとしてマレルナを見る。彼女は刺客を睨んだままだったが、その口元には笑みが浮かんでいた。

「信じる」

迷わず言った。信じる。きっと父よりも母よりも、ライネリアはマレルナを信じる。

「マレルナが言うなら、空だって飛んでみせる」

きっぱりと言い切ったライネリアに、マレルナがニッと口の端を吊り上げた。

「では、その言葉を証明していただきましょう！」

言うや否や、マレルナはライネリアを抱え上げて塔の窓に駆け上った。そして二本の指を口の中に差し入れ、指笛を鳴らす。

(指笛……！　応援を呼んだんだ！)

一度だけ、父の『蟻』がその指笛を使うのを見たことがあった。凱旋パレードで、父帝が乗った馬車が襲撃を受けた時だ。その指笛の後、どこからともなく他の『蟻』たちが現れて、襲撃者たちをあっという間に一掃してしまったのを覚えている。

覆面たちにもそれが分かったようで、悪態を吐きながらこちらに向かって走って来る。

その様子に気を取られていたライネリアは、マレルナに強く抱え直されて、慌てて意識を彼女に戻す。マレルナは塔の下を見つめていた。

「行きますよ、皇女様」

えっ、と声を出す間もなく、マレルナがそこから飛び降りた。

覆面たちが焦ったような怒声を上げているのが聞こえる。

ふわりとした一瞬の浮遊感の後、身体ごと一気に引きずり下ろされるような圧倒的な力を受けて、眩暈《めまい》に襲われる。塔から飛び降りたのだと理解し、胃の底が抜けるような恐怖に全身が怖気立ったが、自分の身体を引き寄せてくれる力に、ホッと安堵した。マレルナの腕だ。

（マレルナを信じる……！）

自らを鼓舞して目を開けると、鋭い眼差しをしたマレルナの空色の瞳が見える。ライネリアを抱えたままの彼女が、足を動かして何かを蹴り上げるのを感じた。新たな力の動きで、身体が引力に逆らってどこかへ投げ出される。

ザッという耳障りな音の後、バキバキ、という木の折れるような音が聞こえた。手足にバシバシと何かが当たる痛みに眉根が寄る。

塔の脇に生えていた樫《かし》の木だ、と思い至ったのは、ドウ、という最後の衝撃の後、マレルナの上で目を開けた時だった。無数の葉の緑が目の端に映り、褐色に伝う赤い色が見えた。それがマレルナの腕で、その赤が血の色だと気づいて、ガバリと身を起こす。急に動かしたせいで身体が痛んだが、それどころではなかった。

「マレルナ!!」

ライネリアの下敷きになっていたマレルナの身体は、全身傷だらけだった。着ていた服はあちこち破れ、枝《えだ》で抉られてついた傷口からは血がドクドクと溢れている。瞼《まぶた》を閉じたままのマレルナにザッと血の気が引いて、ライネリアは慌てて彼女の上から退いた。

「マレルナ！　マレルナ！」

錯乱《さくらん》し、マレルナの名を呼んで揺さぶるライネリアを止める手があった。

「皇女様、動かしてはいけません」

肩を摑まれて振り返ると、そこには大柄な男性がいた。幾度か父の傍に侍っているのを見たことがあるから、父の配下の者なのだろう。

「あ、あなたは……」

「私はオイゲン・モーリス・フォン・レンベルクと申します。指笛の音が聞こえたため、こちらに馳《は》せ参じたところです。この者は、殿下の『蟻』ですね」

男性の名乗った名前に、ライネリアはハッとしながらも頷いた。

オイゲン・モーリス・フォン・レンベルク——元レンベルク王にして、現在はレンベルク辺境伯となった人物である。帝国との圧倒的な兵力の差に、王としての矜持《きょうじ》よりも民の命の方が勝ると言って無血開城したことで、賛否両論のある人物だ。父帝は彼を気に入って将軍職に置いたと聞いたが、この人がそうだったのか。

見上げるような長身に、ライネリアの三倍はあるのではないかという肩幅。腕も太く、まるで鉄の扉のような厚みのある長剣を軽々と片手で持っている。厳つい顔には豊かな髭《ひげ》が蓄えられ、歴戦の猛者《もさ》といった風体だ。

「と、塔のてっぺんで、覆面の男たちが……！」

状況を説明しなければとたどたどしく喋ると、オイゲンはすぐさま察してくれた。

「襲撃を受け、塔から殿下を抱えて飛び降りたのか。……なるほど、樫の木に衝撃を吸収させて着地したのだな。良い判断だ」

気を失っているマレルナに話しかけるようにして言うと、オイゲンは野太い声で叫ぶ。

「皇女殿下を狙った刺客が塔の上にいる！　捕らえよ！」

その声に応じる喊声《かんせい》が周囲から上がり、ライネリアは驚いてオイゲンの背後を見た。すると黒い王宮騎士の制服を着た者たちが風のように走っていくのが見える。

(閣下が騎士たちを連れて来てくれたんだ……！)

よかった、と呟きが漏れる。どれほど強い刺客だろうと、精鋭の騎士たちを相手にして無事で済むはずがない。

(もう、大丈夫……マレルナ……)

安堵した瞬間、張りつめていたものが切れて、全身から力が抜ける。

「！　皇女様！」

オイゲンに呼ばれた記憶を最後に、ライネリアの意識はふつりと途切れた。

＊　＊　＊

瞼を開けると、見慣れた天井があった。

目と鼻と口のついた、少し不気味な太陽の絵――自分のベッドの天蓋だ。ライネリアはこの絵が苦手だ。何故太陽に顔があるのか。まるで見張られているような気がしてしまう。

頭をモゾリと動かして、枕から香る匂いにホッとして瞼を閉じる。マレルナと一緒に作ったラベンダーのサシェの匂いだ。

不気味な太陽と、ラベンダーの匂い。

いつも通りの感覚に、ライネリアは細く息を吐き出した。

（……夢だったの……？）

それならば良かった、と思う。恐ろしい夢だった。

だが起きようとして身体を動かすと、全身が軋《きし》むように痛んで、思わず呻《うめ》き声が出た。

その途端、ベッドのカーテンが勢いよく引かれて、血相を変えた乳母が顔を覗かせた。

「皇女様！　お目覚めになられましたか！」

ライネリアは仰天しながらも、乳母の勢いに圧されてコクコクと首を上下に動かす。

同時に、あれは夢ではなかったのだと悟《さと》った。

マレルナと二人で上がった星見の塔で襲撃に遭い、二人でてっぺんから飛び降りたのだ。

「良かった……！　皇女様は三日三晩熱でうなされておいでだったのですよ！」

「三日……」

乳母の言葉を鸚鵡《おうむ》返しにして、ライネリアは目を瞬く。そんなに時間が経ってしまっていたのか。全身が痛いのは、飛び降りたことであちこち打撲したためだろう。発熱もおそらくそのせいだ。

「そう、そうだわ、マレルナ！　マレルナは無事なの!?」

自分を庇ってくれたから、彼女は自分よりずっと酷い怪我をしたはずだ。身体のあちこちから血が出ていたし、おまけに意識もなかった。あれからマレルナはどうなったのだろう。

自分の額に触れようとする手を摑んで訊ねると、乳母は気まずそうに目を逸らす。

その仕草に嫌な予感がして、ライネリアは痛む身体に鞭を打つようにベッドから飛び下りた。

「皇女様！　まだ動かれては……」

「マレルナはどこ!?　マレルナに会わせて！」

ライネリアの叫び声に応えたのは、乳母ではなかった。

「あれは処分した」

冷たい声音に、ライネリアはギョッとして顔を上げる。寝室の入り口を見れば、父と母の姿があった。娘が目を覚ましたのを知って駆けつけたのだろう。

乳母とその他の使用人たちが、一斉にその場にひれ伏した。

艶《つや》やかな黒い髪と、遠目からでも鮮やかに光る翡翠色の瞳を持つ父帝は、そこにいるだけで周囲の空気を張りつめさせる真冬のような人だ。

父とまったく同じ色彩を持って生まれたライネリアは、子どもの中で一番似ていると評判だったが、それは容姿だけだ。父のような威厳も迫力も、ライネリアは欠片も持ち合わせていないのだから。

父はライネリアと目が合うと険しい表情から一変し、にこやかに微笑んだ。

「目が覚めて良かった、ネリア。心配したぞ」

娘の愛称を甘い声で呼びながら、そのまま両腕を広げてこちらへ歩み寄って来るので、ライネリアは思わず数歩後退《あとずさ》った。今は父に抱き上げられるより先に知りたいことがある。

「しょ、処分って、どういうことなのですか、お父様！」

父が部下や使用人に対して厳しいことを知っているだけに、聞き捨てならない言葉だ。

反抗などしてみせたことのない娘の激しい物言いに、父帝は黒い眉を上げる。

「処分とは、処分だ。あれは『蟻』……元々死にぞこないであった者に慈悲を与え、生かしてやっていたに過ぎない。にもかかわらず、守るべきお前を抱えてあの星見の塔から飛び降りて怪我をさせるなど、愚の骨頂《こっちょう》。使えぬ道具は処分する、それだけだ」

父のあまりの言い草にライネリアは言葉を失った。

（……死にぞこない？　マレルナを、道具と言った？）

父が傲岸な人だということは、分かっていた。部下や使用人に対する言動を思えば、残念ながらそう結論づけざるを得ない。

けれど自分の一番大切な友達を道具扱いされて、ライネリアは眦を吊り上げる。

身体が小刻みに震え出す。それは恐怖からではなかった。腹の底から込み上げる怒りからだった。

「マレルナは……マレルナは、道具なんかじゃありません！　私の大切な友達です！」

父に盾突いたのは、生まれて初めてだった。

逆らうだなんて、考えたことすらなかった。

ライネリアは可愛がられている自覚があったし、父に嫌われるのが怖かった。父が逆らう者に冷酷になることを知っているからこそ、自分に与えられているものを失いたくなかったのだ。

だが、今のライネリアの頭の中は怒りに満ちていて、そんなことを考える余裕はまったくない。ただ、誰よりも大切な自分の親友を蔑ろにされたことが、許せなかった。

身を震わせて怒りの眼差しを向けてくる娘に、父と母は驚いたように顔を見合わせる。

だが父が不愉快そうに眉根を寄せるのを見て、母が慌てたように前に進み出て窘《たしな》めた。

「ネリア！　お父様に向かって、何を偉そうに言っているの！　謝りなさい！」

母親に腕を掴まれそうになって、飛び退いて避ける。

（駄目だ。『可愛いネリア』に戻るわけにはいかない！）

この父から自分の大切なもの——マレルナを守るためには、従順で可愛らしいだけの、ただの皇女でいてはいけない。

「ネリア！」

「お父様、マレルナを……私の親友を、どうなさったのですか。マレルナは私を守ってくれたのです！　それなのに、処分とは——」

母の叱責《しっせき》の声を無視して、ライネリアは同じ質問を繰り返す。

父はしばらく黙ったままこちらを見下ろしていたが、やがてゆっくりと口を開いた。

「首を刎《は》ねた。主を守れなかったのだから、当然の報いだ」

（——首を、刎ね……）

父の台詞を心の中で反芻《はんすう》した瞬間、脳裏で笑顔のマレルナの頭が飛んだ。

悪夢のような想像に、ドッ、と心臓が音を立てる。それを皮切りに、心臓が走った時のように早鐘を打ち始めた。それなのに頭からは血の気が引いていき、ザァッという雨音のような音が頭の中に直接響く。

（……嘘だ……）

眼裏にマレルナの空色の瞳が浮かんだ。自分を見つめて笑う、優しい青。

彼女の「皇女様」と呼ぶ声を思い出そうとするのに、聞こえるのは短く繰り返される自分の呼吸音だ。ハ、ハ、と吐き出す音が酷く耳障りだった。

胃の腑がのたうつように蠢《うごめ》き始め、冷たい汗に、全身がじっとりと濡れていく。

己の手足の感覚がなくなっていき、視界が揺れた。身の内側が全てどろどろと溶け出していくような感覚に襲われる。

五感で感じる何もかもが、気持ち悪かった。

「……マレルナの、首を……」

か細い鸚鵡返しを、父の無情な声が追いかける。

「刎ねた。細い首だったからな。一太刀《ひとたち》でアッサリと落ちたわ」

父の台詞が終わると同時に、ライネリアは込み上げる吐き気に耐え切れず嘔吐《おうと》した。

数日寝込んでいた胃はほぼ空っぽで、吐ける物は胃液だけだ。酸が喉を焼く痛みにむせ返り、内臓が捩れる苦しさに涙が滲んだ。すえた異臭のする胃液は酷く苦かった。

けれど身を震わせて嘔吐を繰り返す皇女に、駆け寄る者は誰もいない。

皇帝がそれを傍観しているからだ。娘を見下ろす眼差しは氷のように冷たかった。

「……お前は皇族として未熟なようだ、ライネリア。明日より、オイゲンのところで学ぶが良い。役に立たない『蟻』の処刑の仕方を教えてくれるだろう」

周囲の者たちが息を呑む音が聞こえた気がした。当然だ。『蟻』の処刑の仕方——人を殺すところを見て来いと言っているのだから。これまで皇女として甘やかされた十五歳の少女に与えるには、過酷な試練だ。

皇帝は静かにそう言い置くと、這いつくばる娘に背を向け、部屋を出て行った。

皇妃が慌てて夫の後を追い、部屋には吐しゃ物に塗れたライネリアと、使用人たちだけが残された。

「……オイゲン……」

己の吐き出した緑色の液体を握り締めるようにして拳を固めながら、ライネリアは呟いた。塔で襲撃を受けた時、駆けつけてくれた男だ。

(あの男がマレルナを殺したのか)

——いや、殺したのは父だ。

分かっている。この国で、父に逆らえる者など一人としていない。

(けれど、オイゲンが手を下したというのなら、私は会わなくてはならない)

「乳母、支度を」

胃液で掠《かす》れた声で、ライネリアは指示を出す。真っ青な顔色をしながらも、緑の瞳をギラギラと光らせる皇女に、乳母がたじろいだ声で止めにかかる。

「皇女様、ですが——」

「いいから用意をしなさい」

乳母の制止を一蹴《いっしゅう》し、ライネリアは立ち上がる。座り込んでいる場合ではない。

明日を待つまでもない。今すぐにでも行って、確かめなければ。

——マレルナの最期を。

＊　＊　＊

　オイゲンは父によって『蟻の巣』の管理を任されていた。

　レンベルクが帝国の属国となった時と、父がこの組織を作ったのが同時期であることがその理由の一つだろう。侵略した国の元国王に与える職は、毒にも薬にもならない程度のものが良いからだ。思いつきで作られた新しい組織の管理者であれば適当であると、いかにも父なら考えそうだ。

（どうりであの時、指笛に反応できたわけだわ）

　指笛は『蟻』が使う合図だけれど、そう頻回に使用されるものではない。『蟻』以外であれが応援要請だと分かる者は少ないはずだが、管理者ならば知っていて当たり前だ。

　ライネリアの訪問に、オイゲンは驚いた顔をしたものの、すぐに執務室の椅子を勧めてくれた。そして自分も腰かけると、太い腕を自分の膝の上にのせてこちらをまっすぐに見つめる。

　獅子のような人だな、とライネリアは思った。

　筋骨隆々という言葉が相応しい厳つい身体つきに、ボサボサとした金の髪が鬣《たてがみ》のようだし、黒い縁取りのある金の瞳もどこか猛獣を彷彿《ほうふつ》とさせる。

　レンベルクは東西の文化の交わる場所であるため、マレルナのように肌の色が浅黒い者も多いと聞いたが、オイゲンはライネリアと変わらない白い肌をしている。

「――今日は」

切り出すと、オイゲンは淡々とした口調で言った。

「先日処刑された殿下の『蟻』の件で、私もお会いしなければと思っていたのです」

事務的な物言いに、ライネリアはカッとなった。

(お前が……お前が、殺しておいてッ……！)

オイゲンが悪いわけではないと分かっていても、この男も父と同じ類の人間なのかと思うと、抑えていた怒りが瞬時に沸き上がる。

顎を上げ、ギッとオイゲンを睨み据えると、早口でまくし立てた。

「『蟻』ではない！　ちゃんと名前がある！　マレルナよ！　私の親友だわ！　『蟻』などと……ッ、もう一度でもそんなふうに呼んだら許さない！　マレルナは、人だ……！　道具なんかじゃっ……！」

父の言った言葉が蘇《よみがえ》り、悔しさと怒りに涙が滲む。ライネリアの唐突な怒りに、オイゲンは目を丸くしていた。それはそうだろう。彼は何も悪いことは言っていない。

(……しまった)

腹を立ててしまった自分が恥ずかしくなり、だからと言って引き下がれもせず唇を噛んでいると、不意にオイゲンがふわりと相好を崩した。

それは先ほどまでの事務的な表情とは違い、とても人間臭い、柔らかな顔だった。

戸惑うライネリアに、オイゲンは小さく息を吐く。

「……あなたのような方が、マレルナの主で良かった」

今度はライネリアが目を丸くする番だった。

「……それは、どういう意味で……」

発言の意図が分からず、思わず直球で訊ねてしまったが、オイゲンは気にしなかったのか、クスリと笑った。

「マレルナを人として扱ってくださる主で、良かったと申し上げているのです」

「――そんなの、当然のことだわ」

先ほどの印象とは真逆の発言に面食らいながら相槌を打つと、オイゲンは皮肉っぽく口の端を歪める。

「皇族の方にとってはそうではないのだと、私は認識していたものですから」

「――」

下手をすれば皇帝に背いていると捉えられてもおかしくはない発言に、ライネリアは二の句を継げなかった。それを皇帝の娘に言ってしまえるのは、ばかか器が大きいかのどちらかだ。

果たしてこの男はどちらなのか、とライネリアは眉を寄せる。

「……あなたは、父に心酔して、国を明け渡したと聞いたわ」

警戒心をあらわにするライネリアに、オイゲンは鷹揚に肩を竦めた。

「ええ、その通りです。驚異的な戦略を組み立てる頭脳、兵の統率力、そして何より圧倒的なカリスマ性――陛下は千年に一人の覇者だ。誰もがその壮大なる野望に魅せられて、その足元に跪《ひざまず》かずにはいられない」

まるで吟遊詩人のような語り口だ、と思う。この大木のような男から出る言葉とは思えない。だが、不思議と説得力があった。敵として父帝と対峙したことのあるオイゲンの言葉だからこそ、重みがあるのかもしれない。

「けれど、陛下の見せる夢は、戦場でしか見られないものなのです。強烈な光の裏には、濃い影が生じる。大陸を制覇しようという陛下の野望の陰には、多大なる犠牲が伴う。町は破壊され、森は焼かれ、大勢の人が死ぬ。犠牲になるのは物言う術のない弱き者ばかりだ。陛下はそれを顧みない。顧みる価値がないと思っておられるのです。――『蟻』は、その象徴だ」

最後の言葉には、確かな怒りが籠もっていた。

(この人は、『蟻』の管理者であるはず……)

集められた戦災孤児を訓練し、優秀な戦士を作り出す側の人間だ。だから父と同じ考えを持っているのだろうと漠然と考えていたけれど、もしかしたら違うのだろうか。

「……あなたは、それを、何故私に?」

ライネリアは重ねて訊ねる。皇帝を否定する言葉を、皇女に告げる意味が分からない。すぐに皇帝へと伝わってしまうと考えて当然だろうに。

ライネリアの質問に、オイゲンがこちらを見下ろした。大柄な彼と、小柄なライネリアとでは、座っていても目線がずいぶんと違う。

見上げた彼は、凪《な》いだ湖面のような眼差しをしていた。

「あなたを信じようと思います。ライネリア殿下」

すんなりと吐き出された宣言に、ライネリアはますます顔を顰める。

「何故？　私はあなたの信用に足ることを何一つしていないわ」

ライネリアの返答に、オイゲンはただ静かに首を横に振った。

「処刑される前日に、マレルナがあなたに遺した言葉を預かっています」

息が止まる。オイゲンの言葉によって、マレルナがいないという事実が、現実味を帯びて一気に襲い掛かってきた。

「──マレルナ、は……やはり、本当に、……殺されたのですか……」

分かっていたはずだった。

父は娘を完璧に守り切れなかったという理由で、少しの躊躇《ためら》いもなく護衛を処刑してしまえる──そういう人間だ。だから、父の言ったことは本当なのだと。

それでも、これは嘘なのだと思いたかった。マレルナはまだ生きていて、あの青い瞳で自分に笑いかけてくれると信じたかった。

絞り出すように言った問いを、オイゲンは一段低い声で、けれど迷いなく肯定する。

「はい。私が殺しました」

「────そう……」

昏い絶望がライネリアを襲う。マレルナがいない。いなくなった。この世のどこにも、ライネリアの愛した友は、いなくなってしまったのだ。

殺されたのだ。殺されてしまった。

(……違う)

自分が殺した、とオイゲンが言った。だがそれは違う。

「……私が、殺したようなものだわ……」

知らず、悔恨が口から零れ落ちる。

――自分が海を見たいなどと言い出さなければ。

――自分がもっと多くの護衛を連れて動いていれば。

――マレルナが、自分の護衛になどならなければ。

いくつもの罪が自分を苛《さいな》んだ。

(――そう、罪だ)

自分がマレルナに守られている立場だと自覚して、己を守るための行動を取っていれば、マレルナを喪ったりしなかったのに。

「私が……マレルナを……!」

「いいえ、違います」

押し寄せる罪悪感に呑まれそうになったライネリアを引き戻したのは、力強い否定の言葉だった。ハッとして顔を上げると、オイゲンの厳つい顔がある。いつの間に傍に来ていたのか、大きな手でライネリアの肩を掴んでいた。

「あなたのお傍にお仕えできて、幸せでした。皇女様は私の太陽です。光で、輝きで、温もりでした。あなたは私の誇りです。どうか、そのまままっすぐに生きてください」

オイゲンの太い声で述べられるその言葉が、マレルナのものだとすぐに分かった。

ボロボロと涙が零れる。頭の中に、いろんなマレルナの姿が浮かんでは消えていく。どのマレルナも、笑顔ばかりだ。

涙が、止まらなかった。

「マレルナ……！　マレルナ、マレルナ……!!」

唯一無二の友を呼ぶ声は、血を吐くような慟哭《どうこく》だった。

一頻《ひとしき》り泣いた後、ライネリアは顔を袖で拭ってオイゲンを見る。

「——他には？　マレルナが言い遺したことは、他にはなかったのですか？」

さんざん泣きじゃくったため、声は掠れてひしゃげた蛙のような有様だったが、ライネリアの表情はもう打ちひしがれてはいなかった。

翡翠色の瞳には確固たる光があり、それを見たオイゲンが小さく息を呑む。

「……自分の弟を、よろしく頼むと」

友が託してくれたものに、ライネリアは微笑んだ。

「ウルリヒのことね」

マレルナが一緒に連れて行ってほしいと言っていた、あの子のことだ。

マレルナの、唯一の家族。

一等大切なものを、自分に託してくれた。その事実が、ただ嬉しかった。

「――ええ、任せて、マレルナ。絶対に守ってみせる」

守れなかった、あなたの代わりに、必ず。

(そのためには――)

ライネリアはオイゲンの手を取って、握り締める。

いきなり皇女に手を握られて、オイゲンの方はギョッとした顔になっていたが、ライネリアの真剣な顔に、背筋を伸ばした。

「閣下。私もあなたを信用しようと思います。おそらく、あなたと私は同じことを望んでいる」

意味深長な言葉と眼差しに、オイゲンがニヤリと口の端を上げた。秘められた意思は、言わなくても伝わっている。

「殿下の高邁《こうまい》さと勇気に、敬意を表します」

大きな手が、力強くライネリアの白い手を握り返す。

「――では、今この時から、我々は同志だわ」

言って、ライネリアもまた、握った手に更に力を込めた。

これが、無敵と言われた帝国を打ち破った下剋上の覇王――後に金獅子王と呼ばれるオイゲンと、父帝の専横跋扈《せんおうばっこ》に怒り、父を打ち倒さんと立ち上がった女傑姫ライネリアの、最初の密約だった。

第二章　碧《みどり》

ぴちゃん、ぴちゃん、という水音で目が覚めた。

（――水音……？）

ささやかな音だ。どこかくぐもって聞こえるから、おそらく屋敷の外から聞こえてきているのだろう。

そんな小さな音に眠りを妨げられたことに、少しだけ面白くない気分になる。

あと少し、心置きなく眠っていたかったのに。

ただでさえ朝は苦手だというのに、その上冬の朝となれば、暖かい寝床から這い出すまでに要する気力が倍増する。起きなくてはならないのに、ベッドから出たくないというもだもだとした葛藤の時間が、ライネリアはあまり好きではない。やらなければならないものが差し迫っているという状況は、多くの人にとって心地好いものではないだろう。

ならばさっさと起きればいいではないかと言われそうだが、そういう問題ではないのだ。

起きるのが最善だと分かっていても、できないのだから仕方ない。

（……それにしても）

まだ夢と現《うつつ》の狭間で揺蕩《たゆた》いながら、ライネリアは耳を澄ませる。

……ちょん、――ぴちょん、と、ゆっくりとした間隔で、定期的に水が落ちる。

水音というものに、どこか不安を煽られるのは何故なのか。

（……ああ、でも、あの子は水を怖がらないな……。水中を、落ち着くと言っていた……）

脳裏に浮かんだ顔に、自然と笑みが浮かんだ。

初めて湖に行った時、彼がまるで魚のように泳ぐから驚いたものだ。

『俺は水と相性が良いみたいです。『蟻』だった頃、オイゲン様に重石を付けて川に放り込まれた時も、溺れずに岸に辿り着けましたし』

泳ぎが上手いと褒めたら、少し考えた後、生真面目にそんなことを返してくるから、啞然としてしまった。褒めたのだから、理屈を考えるのではなく、ただ喜べばいいのに。

（いやそれよりも、オイゲンの脳筋め。重石を付けて川に放り込むなんて……）

年端もいかない子どもになんてことをしていたんだ、と怒鳴ってやりたい。

それが戦闘員を作るための訓練だったとしても、下手をすれば溺死している。

オイゲンにしてみれば、『蟻』として送り出した子どもたちを死なせないためだったのだろう。より強くあれば、敵に殺されることはないのだから。

だが、敵よりも強くとも、殺されてしまった者もいる。

（――マレルナ……）

大切な幼馴染みの顔を思い出して、ライネリアは胸に痛みを覚える。自分のせいで、死なせてしまった親友。

マレルナのことを思い出すのは久しぶりだ。以前は毎日のように彼女を喪ったことへの悔恨に苛まれていたが、今ではその暇がないくらい日々があっという間に過ぎていく。

けれどそれを申し訳ないと思わなくていいと、ライネリアは思っている。

何故なら、自分が考える暇もないほど忙しいのは、マレルナとの約束を果たしている証拠だからだ。

（あの子は、今日も元気だよ、マレルナ）

マレルナに任された彼女の弟、ウルリヒ。

ライネリアは彼を引き取って育てていた。ウルリヒと暮らすようになって、彼に振り回されるようにして毎日が過ぎていく。

（私が二十八になるから、あの子はもう二十一か。早いものだな……。本当に大きくなった）

……少々、大きくなりすぎたような気もするが。

引き取った時、ウルリヒは十三歳。まだ成長過程だったせいもあり、ひょろりとした小柄な少年だった。目がぱっちりとしていて、驚くほど長い睫毛――顔立ちが甘く優しげだったために、少女に見間違えてしまったくらいだ。背丈などライネリアの胸ほどまでしかなかったが、今やライネリアが彼を見上げなくてはならなくなった。ライネリアは背が高い男性と同じぐらいの身長があるというのに、その自分よりも頭一つ分は大きいとは、どういうことなのだろう。

背丈だけではなく、身体つきもそうだ。昔は小鹿のようにすんなりとした体形だったのに、今ではヒグマのように筋骨隆々な大男になってしまった。

愛らしい小鹿がどうしてヒグマに育つのか。解せない。あの頃の可愛さをどこへやったのか。

昔を思い出す度、どうしてこうなった、と呟いてしまう。

小言だって、言うのはライネリアの方だったというのに、いつの間にか言われる側になってしまっている。実に不本意かつ不可解だ。

(本当に、一体全体、どうしてこうなったのかしら)

そんな疑問を抱えてウンウン唸っていると、ゴンゴンゴンゴンゴン、とドアがノックされる音が聞こえてきた。

(いやノックというか……もう殴っているでしょう、これ！　ドアを破壊する気⁉)

養い子に関する日頃の悩みを反芻してしまったせいで、頭はすっかり覚醒していたが、ノックの音が凶暴すぎてイラっとしたのでだんまりを決め込む。

「ライネリア様、おはようございます」

挨拶にしてはドスの利いた低い声が響いて、ガチャリと無遠慮にドアが開かれる。

ずかずか、とこれまた配慮のない足音と共に、ガバリとシーツを剝がされた。

「ぎゃあっ！　寒いっ！」

包まれていた温もりを奪われて、ライネリアは猫のように身を丸めながら叫ぶ。

「今朝はそんなに寒くありません。珍しく朝から日が照っていて、屋根の雪が解け始めているくらいですから」

淡々と応えるのは、陽光のような金の髪と、海のような青い瞳の美丈夫だ。

キリッとした眉毛に、形の良い切れ長の目、鼻筋は高く通り、少し薄い唇に少年っぽさの名残が見える。冬だというのに薄いシャツ一枚で、しかも腕捲りをしている。盛り上がった腕の筋肉ははち切れんばかりで、肌の色が褐色なせいもあって、どこか肉食獣を思わせる。

この筋肉でできた丸太、あるいは顔だけ紳士なヒグマこと、ライネリアの養い子――ウルリヒだった。

彼の台詞に、ああ、先ほどの音は雪解けの水音だったのか、と納得しながらも、ライネリアはジロリと睨む。

「お前、淑女の部屋に無断で入って来るなとあれほど言っているのに」

「どこに淑女が？」

打てば響くように切り返されて、ライネリアは自身の拳をウルリヒの腹に叩き込む。

だが残念なことに、相手は筋肉でできた丸太である。握った拳は痛手を負わせる前に分厚い筋肉の壁に阻まれた。バチンと音がして、自分が込めた分の力がそのまま自分に返ってくる。逆に拳を負傷したライネリアは、涙目になりながらウルリヒに食ってかかった。

「ギャア、痛い！　お前、可愛くないわね！　腹に力を込めるんじゃないわよ！」

「込めなければ痛いじゃないですか。あなたはご自分の拳の威力をもう少し理解なさってくださらないと。並の男なら一撃で失神しますよ」

自分が人並外れて強いことが自慢のライネリアは、痛む右手をブンブンと振りながら、フフンと鼻を鳴らした。

「まぁね」

「まあ、俺の方が強いですが」

すかさずツッコミを入れられて、ライネリアはまたプンスカと腹を立てた。

「ほんっと可愛くないわね！　お前みたいなヒグマと淑女を一緒にするんじゃありません！」

「起き抜けに男の腹に拳をお見舞いする人は淑女とは言いません」

ウルリヒはしれっと反論しながら、ライネリアのシーツを手際よく畳んだ後、薄い寝間着姿のライネリアの肩に厚手のガウンをかける。

「あーあー、もう！　小さい頃はあーんなに可愛かったのに！」

「あなたも初めて会った時には、あまりの神々しさに目が潰れるほどでしたよ。あの時は

女神だと思ったのに、こんな、ただの寝汚いぐうたらだったなんて……」

「ああ言えばこう言う！　本当に口が減らないわね、お前は！」

恒例のやり取りをしながら、ライネリアはベッドから下り、立ち上がった。

艶やかな黒髪は寝ぐせがついてぐしゃぐしゃだ。背後から付いてきたウルリヒに促されてドレッサーの前に腰を下ろすと、大きな手が櫛を取り、ゆっくりと髪を梳き始める。

こんな厳つい大男だけれど、ウルリヒは実に器用で几帳面《きちょうめん》だ。

ライネリアのもつれた髪を丁寧に解して梳き下ろした後、手際よくきっちりと美しい編み込みを施して結い上げてくれる。

あっという間に髪が整えられていく様を鏡で見ながら、ライネリアはため息を吐いた。

「本当に器用ね、ウルリヒは。どうしてこんなになんでもできちゃうのかしら」

「あなたが不器用なだけかと」

「ほんっと、その口の悪さがなければ完璧なのに……」

半ば呆れながらも、事実なので反論できない。

髪結いだけではない。ウルリヒは庭の木々の剪定《せんてい》も上手いし、屋根の修理や煙突掃除もできるし、掃除も洗濯も、繕いものだってできてしまうのだ。おまけに計算にも強く、この屋敷の金銭管理は全てウルリヒがやっている。

なんでもできてしまうので、ウルリヒは他の使用人がいることを「必要ない。人件費の無駄」と不満げにするが、ライネリアとしては、彼にばかり負担をかけるわけにはいかず、他にも数名の使用人を雇っている。

　そんなことをさせるために、ウルリヒを引き取ったわけではないのだから。

（ウルリヒには、自由に生きてほしいのに）

『蟻の巣』にいた子どもたちは皆、閉鎖された組織の中にいたせいで一般常識に乏しく、外の世界では生きていけない状態だった。

　そこでライネリアは彼らを再教育するための孤児院を作り、知識と道徳、そして博愛の精神を持った修道女たちを厳選し、子どもたちの指導者に当てた。『蟻の巣』で歪んだ価値観を植え付けられた子どもたちに、愛情を注ぎ、心身ともに満たしてやるための施設だ。子どもたちが外の世界へと羽ばたいていけるように——そう願って、自分に許された私財のほとんどを費やして作った。

　はじめはウルリヒもそこに入れるつもりだったのだが、彼はライネリアの傍にいることを望んだ。『蟻の巣』の子どもたちの中で、自分と共にありたいと望む者は他にいなかった。彼らはライネリアを嫌ってはいなかったが、どこか遠巻きにされているのを感じていたので、ウルリヒの希望にとても驚かされたのを覚えている。

　正直、戸惑った。当時ライネリアは二十歳、ルキウス帝国へのクーデター直後の、自分の身すら危うい状況で、子どもの面倒まで見きれるだろうかという心配もあった。

　だが、ウルリヒはライネリアにとっても特別な子どもだった。マレルルナの弟で、マレルナが最期の望みとして、自分に託してくれた少年だ。

その彼が望んでくれるなら、とライネリアはそれを受け入れた。

彼が独り立ちして、幸福に生きられるようになるのを見届けるのが、自分の仕事だと思ったのだ。

そうして始まったウルリヒとの生活だったが、彼も他の『蟻』の子たちと同様、『自由』に辿り着くまでの知識が乏しかった。

だからライネリアは、彼にたくさんの知識を与え、世の中にはどんなことがあって、自分が何が好きなのか、何をしたいと思うのかを探る手助けをしていった。

その結果、ウルリヒはライネリアの身の回りの世話をすることに興味を示したのだ。

(多分、身近な仕事だったからなのだろうけど)

基本的に彼はライネリアの傍にいたがる子どもであったため、侍女の仕事が目に付いたのだろう。

最初にやりたがったのが、ライネリアの髪結いだった。

侍女がライネリアの髪を結っているところをじっと観察していたかと思うと、自分もやってみたいと言い出したのだ。

それまで全てに無頓着で、何に対しても関心を見せなかった少年だっただけに、ライネリアも他の使用人たちもその変化を喜んだ。そして彼の好きにさせたところ、実に上手に髪を編んでみせたのだ。

(あの時、褒めすぎたのがいけなかったのかもしれない)

ウルリヒは褒められて嬉しかったのだろう。以来、使用人の仕事を率先して手伝うようになり、やがて手伝いは手伝いではなく、彼の仕事になるに至った。

だが、ライネリアはこの状況が本当に良いのか、自信を持てないでいる。

（褒められたいのと、自分が好きなこととは、別なのよ、ウルリヒ）

ウルリヒは、基本的に何事にも興味を持たない消極的な性格だ。

それはおそらく、幼い頃に『蟻の巣』で自我を殺すように訓練されてきたせいなのだろう。『蟻の巣』の子どもたちは、皆同じような特徴を持っているが、ウルリヒは特にその傾向が強い気がする。

一緒に暮らしてすぐの頃は表情も乏しく、どれほどまずい物を食べても顔色一つ変えなかった。昔、ライネリアが見よう見まねで菓子を焼いたことがあったのだが、味見をさせたウルリヒが「美味しいです」と言うので自分も食べてみると、信じられないくらい塩辛かったことがある。言うまでもなく、砂糖と塩を間違えていた。

それほど全てに無関心なウルリヒが、初めて嬉しそうな笑顔を見せたのが、ライネリアの髪を結って褒められた時だ。

（……これまで、縁《よすが》のなかった子どもが、褒められたことでそこに自分の価値があると思い、居場所を見出してしまったんだろうな）

昔の自分と同じだ。自分もまた、『可愛らしい娘』であるのが自分の価値だと思い込んで、父や母の前では『お人形』に徹していた。両親の言うことを素直に聞き、決して逆らわないことが、自分の価値だと信じていたのだ。

だがライネリアは、それが間違っていたと、もう分かっている。

自分の価値は、自分の中にしかない。自分が何に重きを置き、どんなことを信じて、どう行動するかが、己の価値なのだ。

もちろん、他者にどう思われるかを考えるのも、生きていく際に必要な指標だろう。人が百人いれば百通りの価値観があって、いずれも尊重すべきものだからだ。

自分と、自分以外の者――それは天秤《てんびん》のようなものだ。どちらに傾いてもいけなくて、慎重にバランスを保たなければならない。

(ウルリヒの天秤は、完全に私に傾いてしまっている)

ウルリヒの行動は全てライネリアのためのものだ。

ライネリアが喜ぶから。ライネリアのためにならないから。ライネリアがこうしたいと言ったから。ライネリアが悲しむから――。

(そんなものが、『自分のしたいこと』であってはいけない)

ウルリヒには、本当にしたいことを見つけてほしい。

ライネリアは、この養い子に自由を与えたかった。

自分の好きなものを知って、好きなことをして、やりたいように自分の人生を生きられるようにしてあげたかった。

――マレルナの分まで。

マレルナならきっと、もっと自然にウルリヒを自由にしてあげられただろう。

（私は、家族だとは思われていないだろうから……）

ライネリアは、ウルリヒを引き取ると決めた時、彼の親になるつもりだった。年齢が七歳しか違わないので、親が無理なら、姉でもいい。彼の保護者として、愛情をかけ、彼を導き、立派な大人にしようと決めていたのだ。

だが、ウルリヒの方はそうではなかった。

ライネリアを「母」、或いは「姉」と呼ぶことを拒み、「ライネリア様」としか呼ばなかったし、ライネリアを「主」として扱った。

決して家族という立場になろうとはしなかったのだ。

今だってそうだ。辛辣《しんらつ》な軽口は叩くけれど、ウルリヒはライネリアの使用人として動いていて、そこから逸脱はしない。ただひたすらライネリアの世話を焼くという、自分の職務をまっとうしているだけなのである。

自分はウルリヒにとっては家族ではないのだ。

（そして何より、姉の敵《かたき》だ）

ウルリヒは決して口にはしないが、愛する姉を奪う原因を作った自分を恨む気持ちがないはずがない。同時にライネリアの方にも、その引け目がある。

だから、家族の境界線の中まで踏み込めないでいるのだ。

満足のいくように結えたのか、鏡の中でウルリヒが笑った。その嬉しそうな顔の中に、少年だった頃の面影を見ながら、ライネリアは心の中でため息を吐いた。

「さぁ、終わりました。次はお召し替えですね」

「そうね……」

テキパキと髪結いの道具を片付けながらウルリヒが言い、ライネリアは追い立てられるようにしてドレッサーの前まで歩いて行った。

「今日は天気が良いので、これにしますか」

ライネリアの衣装をウルリヒが選ぶようになって、もう数年が経つ。普通女主人の衣装の準備は、同性の使用人にさせるものだろうとは思う。だが少年だったウルリヒが、やると言って聞かなかったのだから仕方ない。そのうちにライネリアの傍付き侍女《レディースメイド》が結婚を機に辞職したこともあり、やめさせるきっかけがないまま今日に至っている。

慣れた手つきでクローゼットの中から淡いグリーンのドレスを取り出す美丈夫に、ライネリアは首を横に振った。

「前にも言ったでしょう。そのドレスは嫌だって」

ライネリアの拒否に、ウルリヒはきょとんとした顔になる。

「そうでしたか？」

「しらじらしい。お前が覚えていないなんてこと、あるはずないでしょう」

鼻白むと、ウルリヒはニッコリと微笑む。

「俺の仕事ぶりを評価してくださっているのですね。嬉しいです」

「まったくお前は、よくもまあそんな都合のいいように前向きになれるものね！　とにかく、そのドレスは嫌！　首が顎の下まで詰まっていて、息苦しいのよ。もっと首元の空いたのがあるでしょう？　今日はデンダー村の春分の祭りに招待されているのに、そんな着心地の悪い物を長時間着ていなきゃならないなんて、耐えられないわ！」

プンスカと腹を立てながら却下すると、ウルリヒが真顔になった。

「首の空いているドレスなど論外です」

一蹴されて、ライネリアの方がポカンとしてしまう。

「何故」

「まだ外は寒いのに、お風邪を召されたらどうするんですか」

「いや、お前、さっき、今日は暖かいって言ったわよね？」

シーツを剝がされた時に言ったはずだ、と指摘すると、ウルリヒは器用に片方の眉だけを上げてみせる。

「暖かいとは言っていません。そんなに寒くないと申し上げたのです」

「詭弁《きべん》！」

「詭弁じゃありません。まだ雪も解け切っていないのに、暖かいわけがないでしょう。春はまだ先です」

「春分の祭りって、春が来たのを祝う祭りなんじゃないの……？」

そのままなんだかんだと押し切られ、結局首の詰まったドレスを着ることになってしまった。解せない。

こうなってしまったらウルリヒが絶対に意見を曲げないことを知っているライネリアは、ブツブツと文句を言いながらも夜着を脱いでいく。

シルクの夜着の中は、薄いコットンの下着のみだ。本来なら、男性の前でこんな破廉恥《はれんち》な恰好を見せるのは言語道断だが、相手はウルリヒなので今更である。

(まあ、ウルリヒの方も、自分の職務をまっとうすることしか考えていないだろうから)

そもそも、この養い子がライネリアに対して不埒な考えを起こす可能性など、万に一つもないだろう。なにしろ、ライネリアの風呂の介助までこなす男なのだから。

(初めて風呂の介助をすると言い出してきた時は、さすがにそれは、と躊躇したものだけれど……)

ライネリアの躊躇の理由も、女性として裸を男性に見られるのが恥ずかしいというよりも、いたいけな少年に異性の裸などを見せることでトラウマを与えてしまうのではという懸念であったが、当のウルリヒに言われた言葉で、そんな心配も吹っ飛んだ。

『ご心配なさらずに。大丈夫です、俺は何度も馬を洗ったことがありますから。筋が良いと馬丁のおじさんにも褒められたんですよ』

(私は馬か！)

と盛大に叫びたかったけれど、そこまで意識されていないのであれば、こちらが意識していることがばかばかしくなる。結局入浴の介助もウルリヒにしてもらうことになって早数年、この屋敷でライネリアの世話ができる人間が彼一人になってしまったというわけである。

そして今も、ウルリヒはシュミーズ姿のライネリアに、テキパキとドレスを着せていく。その無駄のない所作には、邪念の入る隙間などありはしない。

首を覆いつくす襟のボタンをしっかりと留めると、ウルリヒは動きを止めた。

深い青色の瞳でじっくりと全身を眺め下ろされて、ライネリアはなんとなく目を泳がせてしまう。着付けを終えると、ウルリヒはよくこの眼差しで見つめてくるのだが、それが妙に落ち着かなくさせるのだ。

おそらくじっくり見つめているのは、着付けた衣装に不備がないか確かめるためなのだろうが、見つめられるこっちはなんだか鳥籠の中に入れられた鸚哥《インコ》になった気分だ。

羽色の珍しさのために捕らえられ、鳥籠の中に閉じ込められて愛でられるのは、さぞかし居心地が悪かろう。

「はい、終了です。……今日もお美しいです、ライネリア様」

「……あー、うん。ありがとう、ウルリヒ」

たっぷりと観察された後ようやく解放されて、ホッと息を吐いてしまう。

どうにも息苦しい、毎日の習慣だ。

ふう、と深く息を吐き出して気を取り直すと、ライネリアはニヤリと口の端を歪める。

「さあ、今日は祭りよ。無礼講といかせていただきましょう！」

ライネリアが今住んでいるのは、オイゲンの治めるレンベルク王国の辺境ヘルセンにあるデンダー村だ。

ルキウス帝国は、オイゲンとライネリアの起こしたクーデターの後、大まかに四つの国に分裂した。その中で最も大きな国となったのが、オイゲンの治めるレンベルク王国である。

そのレンベルクの最東にあるヘルセンであるが、辺境にあってもそれなりに集落はあり、デンダーはヘルセンの中でも比較的大きな村の一つだ。国境付近であるために外国人が訪れることもよくあるこの村は、外から来た者にも寛容なようで、ライネリアがこの村外れの土地に屋敷を構えた時も、非常に好意的な態度を示してくれた。

——いや、好意的と言うよりも、むしろ大歓迎と言った方がいいだろうか。

なにしろ、ライネリアはこの国で絶大な人気を誇るオイゲン国王陛下の戦友である。当初の村人たちの崇め奉らんばかりの対応は、こちらが困惑するほどだったのだ。

さすがに移住して八年も経てば村人の興奮も収まってはいるが、良好な関係は続いており、「春分の祭り」「雨乞いの祭り」「収穫祭」「太陽の復活祭」と四つある季節の大きな祭りには必ず招かれている。

祭りと言うからには酒が出るわけで、酒好きのライネリアにとって、楽しく愉快に酒を飲める機会が楽しみでないはずがない。

(何より、ウルリヒに邪魔されずに酒が飲める！)

屋敷ではウルリヒによって酒の量も管理されているため、なかなか飲ませてもらえないでいるのだが、外に出てしまえばこっちのものだ。

口うるさいウルリヒも、外ではライネリアの立場を考えてか、あまり小言めいたことを言わない。

「今日は思いっきり飲むぞー！」

張り切って叫んだライネリアに、今度はウルリヒが深いため息を吐いたのだった。

＊　＊　＊

ライネリアとウルリヒが到着した時、デンダー村は既に祭りの賑わいを見せていた。

黄色や赤といった春の色を纏った娘たちや、緑の帽子をかぶった若者たちが村の広場に向かって歩いている。ガラガラと荷車を引いた中年の男が、淡い紅の花弁の浮いた酒樽を乗せているのも見えた。

（ああ、李《すもも》の花酒ね）

昨年採れた李の実を酒精の高い酒に砂糖と一緒に漬け込んだものだ。そのまま食べるには酸味と苦味が勝ちすぎるこの地方の李は、そうやって酒にすると非常に香しい美酒に変わる。一年漬け込んだ李酒は、毎年この春分の祭りで封を切られ、水で割ったものの上にその年咲いた李の花びらを散らし、豊穣の女神に感謝して飲むのだと決められている。

春の女神に供えるに相応しい、見目麗しい酒だ。

この季節にしか味わえない貴重な酒を、ライネリアは非常に楽しみにしていたのである。

「あの、樽の底に残った李の実がまた美味しいのよね……」

その味を思い出してうっとりと呟いたライネリアに、隣で馬車を御していたウルリヒが釘を刺した。ちなみに何故御者台に二人で乗っているかと言えば、ライネリアが運転すると言ったのに、ウルリヒが譲らなかったからである。

「くれぐれも飲み過ぎないようになさってくださいね。去年の二の舞は演じないでいただけると俺が助かります」

「……」

ライネリアは笑顔のまま沈黙した。

去年、ライネリアは欲望のままに大酒をかっ食らい、薪《たきぎ》を囲んで踊る若者たちの輪に乱入し、これでは足りぬと剣を抜いて剣舞を披露するというばかをやらかしたのだ。ちなみに、酒を飲んでも記憶を失う方ではないので、その時のことはしっかり覚えている。

踊りに加わったところまでは、村人たちと親睦を深めるためという言い訳が成立するが、調子に乗って剣舞なんぞやってみせたのは、ダメだ。どう考えてもただの酔っ払いの愚行でしかない。

だがしかし、それでも酒は飲みたいのである。

飲み過ぎない、という断言はできない。できない約束はしない主義でいたい。

沈黙を保つライネリアに、ウルリヒが冷たい声を出した。

「李酒は五杯まで。それ以上飲んだら、明日の白パンは黒パンになります」

「えっ!?　待って！　硬いパンはイヤ！」

宣告されて、ライネリアは顔色を変えた。ライネリアはパンならふわふわの柔らかいのが好きだ。焼き立ての白パンを二つに割り、ふわっと蒸気が出たところにバターをたっぷりと塗り込んで、溶け切る前に齧りつく……あの味はもう、たとえようがない。ただひたすら、幸福の味である。

皇女だった頃には当たり前に食べていたその白いパンが、一般的な食べ物ではなかったことに気がついたのは、このヘルセンへやって来てからだ。

ここでは大麦やライ麦を使用した、風味豊かだけれど硬い黒パンが主流で、小麦を使った白パンなど存在さえしていなかった。もちろん、その作り方など誰も知らなかったのである。

ライネリアは非常にがっかりした。がっかりはしたが、郷に入っては郷に従え。諦めて硬いパンを食べていたのだが、二年ほど前に、柔らかいパンがライネリアの好物だと知ったウルリヒが、自らパン作りを学び、白パンを作ってくれるようになったのだ。

つまり、ウルリヒ以外に白パンを提供できる者はなく、明日も白パンを食べたければ、忠告を聞くしかないのである。

（ふわふわな白パンのある生活に馴染んでしまったら、もう戻れないッ……！）

それほどウルリヒの白パンは絶品なのだ。

「……くっ……、わ、分かったッ……！」

「それはそれは、良い心がけです」

苦悶《くもん》の顔で返事をするライネリアに、ウルリヒはとても良い笑顔を返したのだった。

馬車を下り、ライネリアとウルリヒも歩いて広場へと向かう。その途中で、ライネリアたちの存在に気づいた子どもたちが足元にじゃれついてきたので、その一人を抱き上げた。ちらりと隣を見ると、ウルリヒも子どもを抱き上げていて、クスリと笑ってしまう。この男は屋敷の外に出るといつにも増して無表情になるのだが、それでも不思議と子どもには好かれるのだ。

「ライネリアさまー！　ようこそ！」

ライネリアを見たらそう挨拶するように躾けられているのか、まだ五つくらいの幼子がハキハキした声で言ったのを皮切りに、子どもたちが声を合わせて同じ台詞を言う。その光景が可愛らしく、ライネリアは小さく噴き出してしまった。

「大歓待ね。ご招待ありがとう、みんな」

「ライネリアさま！　今日の羊はね、おれの父ちゃんが焼いたんだよ！　すっげえうまいんだよ！」

「ねえ、見て！　見て！　わたしのこのおぼうし、おばあちゃんが編んでくれたんだよ！」

「おはなをどうぞ、ライネリアさま！　あたし、はやおきして摘んできたの！」

たまにしか来ないライネリアが物珍しいのか、子どもたちは我先にと一斉に話し始める。
「ジオ、本当？　それは楽しみだわ。赤い帽子、よく似合っているよ、ミルケ。タフィは
お花をありがとう。とてもきれいね」
一人一人に返していると、今度は太い男の声が割って入って来た。
「こら！　お前たち！　ライネリア様が動けないだろう！　散りなさい！」
聞き覚えのある声に振り向けば、少し離れたところから背の高い若者が走って来るのが
見える。
「ユンゲ、久しいわね」
この村の村長の嫡男であるユンゲだった。この地方の人間は大柄な者が多く、ユンゲも
その例に漏れず大男だ。確かまだ二十歳になるかならないかの若さのはずだが、顎髭を生
やしているせいか、ずいぶんと大人びて見える。
子どもたちはユンゲが怖いのか、「ユンゲさまだ！　逃げろ！」と言って皆走り去って
しまった。
おやおや、と小さな後ろ姿を見送っていると、ユンゲがニコニコしながら近づいてきた。
「ご無沙汰しております、ライネリア様。今日も……その、とてもお美しいです！」
ライネリアのドレス姿をチラリと見て口ごもる青年に、苦笑いが込み上げる。
ライネリアは、自分の容姿が一般的な女性の可愛らしさからはかけ離れている自覚が
あった。うねる黒髪に吊り上がった眦、女性にしては高すぎる背丈——一部からは『辺境

の魔女』なる異名で呼ばれるほどだ。今や悪の象徴のようになってしまった父と瓜二つなのだから、畏怖されて当然だと思っている。

(口ごもるくらいなら、お世辞など言わなければいいのに)

こちらとしても反応に困るのだが、これも社交辞令というやつなのだろう。ならば、とライネリアも儀礼的な笑みを浮かべ、目の前の青年を同じように褒めた。

「君も今日はめかし込んでいるね。恰好いいじゃないの」

適当に言った褒め言葉に、純朴な青年がパッと表情を明るくして喜色を見せた。お世辞を素のまま受け止められてしまって、ライネリアはなんとなく自分が恥ずかしくなる。汚れた大人を許してほしい、若人《わこうど》よ。

(年を取ると、物事の裏を邪推するようになっていけないわね……)

目の前の青年くらい素直であった方が、生きるのには気持ちがいいだろうに。

「お父上はお元気?」

「おかげ様で父は元気ですよ。少し大人しくしてほしいくらいです」

困ったものだと言わんばかりに肩を上げるユンゲに、ライネリアはカラカラと笑った。

「結構なことじゃない。元気であるに越したことはないのだから。しかし、少し見ない内に、ユンゲが大人になっていて驚いてしまったわ」

冬の祭りの時には顎髭がなかったはずだ。髭があるだけで人はずいぶんと老けて見えるものだと、ひっそりと失礼なことを思っていると、ユンゲはなんだか頬の辺りを赤くしている。

「本当ですか？　嬉しいな。少しでもライネリア様に近づけるように、頑張っているところなので！」

自分を目標にされていると言われ、ライネリアはなんとも居た堪れない気持ちになって苦笑する。

英雄などと持て囃されているが、自分は所詮肉親殺しの咎人だ。もちろん己の信条を貫くためにその咎を背負う覚悟で挑みはしたが、だからと言って罪の意識が消えるわけではない。

だからライネリアは、こんな罪人である自分が英雄扱いされることに、未だに居心地の悪さを感じてしまうのだ。

「はは！　私になど近づかなくとも、君にはお父上という立派な目標があるでしょう！」

「え……？　いや、そういう意味では……」

ライネリアの返しにユンゲは戸惑うような表情を見せたが、この話題を早く終わらせたかったので腕を伸ばしてその肩をバシバシと叩く。

「さあ、こんなところで立ち話などしていないで、早く広場へ向かいましょう！　お父上に挨拶もしなくてはならないし、何よりご馳走が楽しみだわ！」

ライネリアがそう言うと、ユンゲが何かを思いついたような顔になった。そして背筋を伸ばすと、右肘を直角に曲げて差し出してくる。

「で、では！　僭越ながら、広場まで、私がライネリア様をエスコートして……」

女性に肘を差し出すエスコートの所作は旧帝国の貴族特有のものだ。父帝が領土を拡大したことで大陸各地に伝わっているのだろうが、それも貴族階級の間だけだろう。この辺境の村に浸透しているはずもないのに、何故だろう、とポカンとしてしまっていると、背後からずいっと黒い壁が現れ出て、視界を遮られる。

「ウルリヒ」

壁だと思ったのは、ウルリヒの広い背中だった。

ユンゲも大きい方だが、ウルリヒはその上をいく。まったく前が見えなくなってしまった。

「失礼。ですが、我が主は己より強い男性にしか、その隣をお許しにはなりません」

ウルリヒの台詞に、いつの間にそんなことになっていたんだ？　と思ったが、すぐに「ああ」と思い出す。昔、ウルリヒに「ライネリア様は結婚しないのですか」と訊ねられて、「私より強い男がいたら、考えてもいいわね」と答えたことがあった。

ウルリヒはあれを覚えていたのだろう。

結婚しない本当の理由は、結婚を申し込まれたことがないだけだったのだが、そう正直に答えるには、当時のライネリアはまだ若かったのである。

「なっ……いや、その」

いきなり割って入ってきたウルリヒに、ユンゲは不満そうな声を上げたものの、自分よ

りも一回り体格のいい男に気圧されたのか、もごもごと口ごもってしまう。

「ライネリア様をエスコートしたいと仰るなら、まずは俺を倒してからにしていただきたい」

その言い方だと、まるで自分の方がウルリヒよりも強いみたいではないか、とライネリアは少し面白くなくて鼻を鳴らした。ウルリヒの身体が完全にできあがった数年前から、ライネリアは彼に勝てたことがない。それなのにこんなことを言われては、勝ちを譲られたかのようで腹立たしい。

「あ、あんたを倒してからって……」

落ち着いた威圧感のあるウルリヒの声色に対して、ユンゲの方はすっかり狼狽えたものになってしまっていた。

（こらこら、幼気《いたいけ》な若者をむやみに怯えさせるんじゃない）

ただでさえウルリヒは威圧的な外見をしているのだ。ライネリアの背後に立っているだけで、何をするわけでもないのに防衛になってしまう男だから、今のように高圧的な物言いをすれば、年若い青年が怯えて当然だろう。

ひとまずこの場を収めようと、ライネリアはウルリヒの背中からヒョイと顔を出して言った。

「まあ、そういうわけだ。うちのウルリヒは凶暴なのよ。悪いわね、ユンゲ。番犬がこれ以上噛みつく前に、行くとするわ」

ここはウルリヒの言ったことを全肯定しておくのが得策であろう。

軽い調子でそう言い置いて、ライネリアはウルリヒの腕を引っ張って歩き出す。

ユンゲから十分に離れたのを確認して、ウルリヒだけに聞こえるように小声で囁いた。

「まったく、誰彼構わず威嚇するんじゃないの。無表情のままあんなこと言われたら、みんな怖がるでしょう？　お前には、もう少し愛想笑いを覚えさせるべきだったかな……」

ブツブツと小言を言っているのに、珍しく言い返して来ないので足を止めて振り返れば、ウルリヒが目を見開き、片手で口元を覆っていた。

肌が浅黒いので分かりにくいが、よく見れば目の下の辺りが火照っているように見える。

「ウルリヒ？　どうかした？　具合でも悪いの？」

見たこともない表情に驚いて、ライネリアは手を伸ばしてその額に触れた。

「うーん……少し熱い気もするが、平熱の範囲かな」

「……大丈夫です。少し驚いただけなので」

「驚く？」

何に？　と思ったが、ウルリヒが姿勢を正して「さあ、行きますよ」と先に歩き出してしまったので、慌ててその後を追う。

「ちょっと、何に驚いたのよ？」

追いついてその腕を掴み、重ねて訊けば、ウルリヒが半眼になった。

「……あなたのその鈍さに、ですよ」

「は？　私のどこが鈍いというの！　失礼な！」

ライネリアはいつものごとくプンスカと腹を立てたが、その後広場で村長に李酒を振る舞われてすっかりご機嫌が直ってしまった。

不思議なことに、ライネリアと違い酒を飲まなかったウルリヒまで上機嫌で、李酒も七杯まで見逃してくれたのだった。

――翌朝の食事に出たパンは、黒パンだったが。

実に、解せない。

＊　＊　＊
「ライネリア様、朝です」

今朝も今朝とて、顔だけ紳士な褐色のヒグマことうちの執事もどきが起こしに来る。

今度は剝がされないようにと、ライネリアは両腕、両脚でしっかりとシーツを抱き込み丸くなって防御していたのだが、その簀《す》巻《ま》き状態でヒョイと抱え上げられ、大きな置物のように足を床にトンと下ろされてしまった。

簀巻きのまま立たされて、当然だがシーツが邪魔で何も見えない。渋々自らシーツを剝がせば、にこやかな笑顔のウルリヒが目の前に立っていた。

「よい朝ですね。今日はとても美しい青空が見えますよ」

「やかましいわ」

——今日も一日が始まった。

これまたいつものように、ウルリヒが持って来たドレスを見て、ライネリアは片手をヒラヒラと払う。

「今日はドレスはやめ。晴れているなら遠乗りをするわ。トラウザーズを出して」

ライネリアは乗馬用に、男性物の衣装をいくつも誂《あつら》えてある。

男装をする女性はほとんどいない世の中だが、父を殺し、『女傑姫』という二つ名を持つライネリアにとって、男装程度は今更の常識破りである。

春分を過ぎ、いよいよ本格的な春がやって来る。レンベルクでも北に位置するこの土地は他よりも春の訪れが遅くなる。皆待ちに待ったその季節を、外でじっくりと堪能したいのだ。ウキウキしながら言ったライネリアに、ウルリヒは金色の眉を寄せた。

「——まだ早いのでは。雪解けで地面が緩いと思われます。怪我でもなさったら……」

「聞き捨てならないわね。私の乗馬の腕をばかにしているのかしら？」

顰め面をしてみせると、ウルリヒは小さく息を吐き、ドレスの代わりに紺色の乗馬服を取り出す。

「馬も久々の遠乗りです。今日は慣らす程度になさってくださいね」

「はいはい」

「決してスピードを出し過ぎないように」

「分かった分かった」

まったく、これではどちらが保護者か分からない。

少々ウンザリしながら適当に頷くライネリアを、ウルリヒが苦い物でも食べたような顔で見つめたのだった。

＊　＊　＊

「だから言ったでしょう、危険だと」

渋面に呆れ声で、ウルリヒが言った。

ベッドの上で左足に包帯を巻いてもらいながら、ライネリアはしょんぼりと肩を下げる。

「返す言葉もない……」

怒られて言い返せないのには訳がある。

今朝方ウルリヒに忠告されたにもかかわらず、ライネリアは遠乗りをして落馬して、左足に怪我をしたのである。

当然のことながら、ウルリヒはすっかりおかんむりだ。

久々の遠出に興奮する愛馬に乗せられるようにして、調子に乗ってスピードを出したのがいけなかった。緩やかな傾斜のついた曲がり角で、雪解けでぬかるんだ土に足を取られた馬がバランスを崩し、その弾みで馬上から投げ出されてしまったのだ。

「セフォネは大丈夫だったかしら」

愛馬の名を出して心配すると、ウルリヒが笑顔で鋭い眼差しを向けてくる。どういう表情なんだこれは。

「なんともないそうですよ、良かったですね。馬自体は転んでいませんからね。どうせバランスを崩した時に、あなたが馬を庇って自ら落ちたんでしょう」

鋭い指摘に、ライネリアは曖昧に笑うに留めた。

さすがはウルリヒだ。人体構造や乗馬の知識を持ち、更にライネリアの性格を理解しているからこそ導き出せた結論である。

「笑っている場合ですか！　御身ではなく馬を庇うなど、呆れてものも言えませんよ！」

「いや、だって、セフォネが脚を折ったら取り返しがつかないでしょう？」

馬は一度走れなくなれば、死んでしまうのだ。

愛馬のセフォネとは子どもの頃からの付き合いだ。父を討ったあの戦いでも一緒に戦ってくれた戦友なのだ。できれば怪我なんかさせたくない。

だがウルリヒは納得しなかった。

「それであなたが怪我をしてどうするんですか！　もう少し御身を大切にすることを学んでください！」

怒鳴られて、ライネリアはびっくりしてしまう。

ウルリヒはこれまで、冗談で大声を出すことはあっても、決してライネリアに怒声を向けたことはなかった。その彼が今、真剣に怒っているのだと分かる声音だった。

「……悪かった」

思わず素で謝ると、ウルリヒがハッとした表情になって、それから歯を食い縛って俯《うつむ》く。

「……っ、申し訳、ありません。出過ぎたことを……」

絞り出すような声で謝られて、ライネリアは焦って首を横に振った。

「出過ぎてなどいないわよ。お前は嫌かもしれないけれど、私はお前を……弟だと思っているのよ。弟が姉の心配をして怒るのは当たり前でしょう？　だから……」

さすがに息子はないだろうと言い淀んだ後、弟という言葉を吐き出すと、ウルリヒが低いため息を吐く。

「……弟、ですか」

酷く昏い呟きだった。今のやり取りのどこに昏くなる要素があったのか。

妙に不穏な感じがしてそちらに目を遣ると、ウルリヒが摑んでいたライネリアの足首を持ち上げるところだった。

「え……」

何をされるのか見当がつかず、ポカンとその様子を見つめていたら、ウルリヒが視線だけを上げてこちらを見る。

ギクリ、と胸が軋む。

上目遣いの青い瞳は、矢のような威力でライネリアを打ち抜き、その場に磔《はりつけ》にした。眼差しだけで、ここまで気圧されたのは生まれて初めてだった。

声すら出せずにいるライネリアを見て、ウルリヒは目だけでニタリと笑う。

そんなふうに笑うウルリヒを今まで見たことがなかった。その顔は意地悪そうで、そしてやたらに色っぽかった。

（――色っぽい？）

自分の思考に驚いて、心の中で繰り返す。女性に対して使うことはあっても、男性には一度も使ったことがない表現だ。つまり、これまで一度も、男性に「色っぽい」などと感じたことはなかったのだ。

（ウルリヒは女じゃないのに……）

そう思って、当たり前だ、と自分に呆れた。こんなゴツくてでかい女性がいて堪るものか。この筋骨隆々なヒグマは、間違いなく男性だ。

「ライネリア様……」

（みょ、妙な声を出さないでよ……！）

ゾクッと首の後ろに震えが走り、知らずゴクリと唾を呑む。どうしてか、喉が干上がってしまっていた。

それがウルリヒの声だと分かっているのに、何故か分かりたくない気持ちでいっぱいだった。

ウルリヒは熱っぽい眼差しを向けたまま、ライネリアの足首を持ち上げて、自分の口元へ近づける。

ライネリアは狼狽えた。

(い、一体、何を……!? いや、落ち着け! 私! ただ自分の足がウルリヒの口元にあるだけよ! 別にどうってことはない!)

そう言い聞かせてみるものの、自分の足が誰かの顔の間近にあるという光景を、これまでに見たことがあるかと訊かれれば、ない。

更に問題は、その光景が妙に、妙に……艶っぽく見えるのだ。

何故足を持ち上げて口元に持っていかれている光景が艶っぽいのか、自分の理性に訊ねてみたが、悲しいかな、今ライネリアの理性はお留守のようだ。代わりに本能が暴走し、ライネリアの心臓をバクバクといわせている。

血が勢いよく循環するせいで、身体が熱い。じっとりと汗までかいてきた。

「ライネリア様……」

またウルリヒが名を呼んだ。その声がまた蕩けるように甘く、「妙な声を出すな」と言ってやりたいのに、目に飛び込んできた光景に仰天してしまって叶わなかった。

「―――ッ!」

なんと、ウルリヒが自分の足の指先に唇をつけたのだ。

(——は!?　え!?　何故!?)

接吻《キス》だ。足の指に接吻をされた。何故だ。接吻するにしても、いやするのはおかしいのだが、それにしても、足の指とはどういうことだ。そんな場所に口をつけるなんて不衛生だし無意味じゃないか！

ライネリアは混乱した。

これが例えば、ライネリアが皇女の姿をしていて、ウルリヒが騎士だったら、まだ意味がある。爪先への接吻は『服従の証』だからだ。

無論その場合、皇女が立っていて、騎士は跪いていなければいけない。

今のように、ベッドに寝そべるライネリアの足を片手で持ち上げて唇をつける、という構図は、どう考えても『服従の証』といった厳かな儀式からは程遠い。

(じゃあ一体全体、なんの目的でウルリヒはこんな真似を!?)

状況を把握できず、グルグルと目を回しかけているライネリアを、更に驚愕させる事態が襲う。

ねろり、と生温かいものが足の指を這う感覚がしたのだ。

「——ヒィッ!?」

悲鳴が出た。まさかまさかまさか、と頭の中で願うように思いながら、いつの間にかずれてしまっていた目の焦点をそこに据えて、また悲鳴が出た。

「な、なんでお前は私の足を舐めてるのよ!?」

その感覚の正体は、ウルリヒの舌だった。

こともあろうに、ライネリアの足の指の間に舌を差し入れているのだ。

（ウルリヒがおかしくなった！）

この世に生を受けて二十八年。父を弑《しい》した時ですら、今ほど焦らなかった気がする。

今自分は、八年も育てた養い子に足を舐められている。

これは現実か、それとも悪夢か。

「ウ、ウル、リヒッ、やめっ！」

なんとかやめさせようと足を引っ張るのに、褐色の手はびくともしない。がっちりと摑まれた足は、未だにウルリヒの舌にべろべろと舐め回されている。

「う、ウルリヒッ！」

半分泣き声で叱咤するが、ウルリヒが止まる様子はなかった。

それどころか、長い金の睫毛を揺らしてこちらを見て、嬉しそうに目を細める。

「顔、真っ赤ですね、ライネリア様」

だったらどうした！　と怒鳴ってやりたいのに、足の指を擽る舌の感覚に力が萎えて声が出ない。

「うう……！」

涙目で唸りながら睨みつけてやるが、リンゴのようになっているだろう顔では迫力などありはしない。

その証拠に、ウルリヒは自分を見て、蕩けるような笑顔になったのだから。

「可愛い」

「しばくわよ」

半分本気で言ったのに、ウルリヒはクスクスと笑うばかりだ。本気でぶん殴ってやろうかこの野郎。

だがようやく足から手を放してくれたので、ホッとして足を曲げて自分の方へ引き寄せる。痛めた足首は、先ほどウルリヒがガッチリと包帯で固定してくれたので、動かしても痛みはない。

そのことにもう一度安堵して、過ぎた冗談に説教をかましてやろうと顔を上げた瞬間、グラリと視界が揺れた。

「――え？」

漏れた声と同時に、ボスンと後頭部がクッションの中に埋まる。

視界いっぱいに見えたのは、至極満足げな微笑みを浮かべてこちらを見下ろす、ウルリヒの端正な顔だった。

押し倒されたのだと気づいた時には、唇と唇がくっついていた。

（は――え……）

接吻だ。先ほどのような、足の指などという理解の追いつかない場所ではなく、唇と唇がくっつく、まごうことなき、これは、接吻である。

思考回路も身体も固まってしまい、ライネリアはただ呆然と至近距離にあるウルリヒの睫毛を見ていた。近すぎてぼやけているが、それでもとても長いことは分かった。

(――柔らかい……)

重なった唇の柔らかさが意外だった。他人の唇とは、こんなに柔らかく感じるものなのか。ふわふわとしていて、先ほど足に感じた舌の感触よりも柔らかいほどだ。

ライネリアにとって、生まれて初めての接吻だ。

なにしろ、十五歳の時に父を皇帝の座から引きずり下ろすことを決意してから、ずっとその計画のために邁進してきた。心身を極限まで鍛え上げ、知識を詰め込み、計画を父に気取られないように微笑む演技をする毎日に、色恋沙汰の入る余地などあるはずがない。

二十歳で悲願を果たした後も、オイゲンにさんざんこき使われた。

実を言えば、ライネリアは父を倒した後は、人知れずどこかへ出奔しようと考えていた。皇帝を討ったとはいえ、その暴君の血を引く皇族の生き残りだ。殺されても当然の身の上なことは自覚していた。だがライネリアは自ら死を望む類の人間ではなく、できれば生き延びたかった。だから全てが終わり次第、人の噂が届かないほど遠くへ逃げて、静かに一人で生きていこうと考えていたのだ。

それが、まさか戦後処理にまで駆り出されるなどとは思ってもいなかった。

オイゲンはライネリアの立場を上手く利用した。ライネリアを『涙ながらに悪しき父帝を討った悲劇の英雄』として広く世間に吹聴し、裏から手を回してライネリアをモデルにした物語や似顔絵などを流行させた。

結果、ライネリアは民の絶大な支持を得てしまったのである。

見事オイゲンの術中に嵌まったライネリアは、英雄という肩書きを背負わされ、戦で荒れた土地の復興と慰問のために、各地に派遣されることとなったのだった。

『混乱が起こった時、人を纏めるにはシンボルが必要なのだ。悲劇的な背景と、元皇女という身分のあなたはうってつけだったというわけだ』

とはオイゲンの言であるが、勝手に人の人生を操作しないでいただきたい。

文句を言ったものの、オイゲンは同志で戦友だ。力を貸してくれと言われれば、貸さない選択肢などなかった。

また、『蟻』の子どもたちのための孤児院の資金を得る必要もあった。懸命に働けば、オイゲンはちゃんとそれに見合う対価をくれた。孤児院は建てる時にも莫大な金が要ったが、存続させるためにも金が要るのだ。

そんなこんなで、二十八年間、男っ気は皆無だったわけである。

（──そもそも、父殺しの女傑、などという女を娶ろうなどという肝の据わった男など、どこを探してもいないだろうし……）

自嘲めいたことを考えて、思わず皮肉げな笑みが口元に浮かんだ。

ライネリアの唇を食んでいたウルリヒに、そのわずかな動きが伝わってしまったようだ。

ライネリアの頭の両脇に肘をついて重たげな上体を支えると、おもむろに顔を離してこちらを見下ろした。

「何か他所事《よそごと》を考えていますね？」

「えっ……」

指摘され、ライネリアは言葉に詰まる。

他所事と言うが、では他所事ではないこととは一体なんなのか。そもそも、何故今自分は養い子にベッドの上で接吻などされているのか。からかうにしても、程度というものがあるだろう。

（そうだ、この悪ガキめ！）

なんだか雰囲気に呑まれてしまっていた自分に気づき、ライネリアは慌てて眉を吊り上げてみせた。

「ウルリヒ、お前は一体全体何をしているの！」

ライネリアの台詞に、ウルリヒが残念なものを見る目になった。

「何よ、その呆れたような顔は」

呆れているのはこっちだという話なのに、と目を吊り上げたが、ウルリヒはますますばかにしたような顔になる。

「呆れる、を通り越しましたね。ばかなんですか、あなたは」

「な、ちょっと、ウルリヒ、お前！　世の中には言っていいことと悪いことがあるのよ！」

目上の者に対してなんてことを言うのか、とライネリアはプンプンになって怒ったが、相変わらずウルリヒはばかにした表情のままで続ける。

「ライネリア様。あなた、今、男に押し倒されて接吻されているんですよ。ベッドの上で。――これがどういう状況なのか、本当に分からないのですか？」

（うっ……！）

返答に窮してライネリアは歯噛みした。

そんなふうにハッキリと言われると、さすがにライネリアとて意識せざるを得ない。

――ウルリヒが異性だということを。

（いやいやいや！　だから、意識してはいけないでしょう、私！　ウルリヒはマレルナの遺した大切な弟なのよ！　私にとっても愛する養い子だわ！）

異性ではなく、弟。弟を意識する姉など、この世にいていいはずがない。

また赤くなりかけた顔をブンブンと左右に振って正気を取り戻すと、ライネリアはギッとウルリヒを睨み上げた。

「だから、冗談は大概にしろって言っているんでしょう！」

「冗談でこんなことができるとお思いか！」

怒鳴り声に怒鳴り声を返されて、またもやびっくりして目が丸くなる。

（また怒鳴られた！）

そしてその発言内容にも驚いていた。

（冗談じゃないですって!?）

冗談じゃないということは、本気だということである。

押し倒し、接吻をするという行為の目指す先に何があるのか、分からないほど初心ではない。だが、それにはウルリヒがライネリアを女性だと意識している必要があるはずだ。

「お、お前……もしかして、私が女に見えているの……？」

思わず、愕然と呟いた。するとウルリヒがクワッと目を剝いて叫ぶ。

「当たり前でしょう！　俺にとって、あなたは最初から女でしかなかった！」

打てば響く調子で返されて、ライネリアは混乱を極めた。両手で自分の頭を抱え、グルグルと巡る思考を落ち着かせようと試みる。……無駄だったが。

「い、いや……待って……待ってちょうだい……！　だって、お前、私の着替えとか、……ッにゅ、入浴介助までッ……!?」

異性と意識されていないからできていた行為が、もの凄く恥ずかしいことに変わってしまった。自分を女性と見ている男の前で、半裸どころか全裸になって、更には背中を洗わせたりしていたのだから。ライネリアの脳内で、満場一致で痴女決定である。

自分はなんてことをしてきたんだ。穴があったら入りたい。無論、自らの墓穴である。

憤死しそうな勢いで顔を真っ赤にするライネリアに、溜飲を下げたような顔をしたウルリヒがにっこりと笑った。

「大変、目の保養でございました」

「やめろ……」

「どのシーンも、俺の記憶にしっかりと焼き付いております」

「頼むからやめてくれぇええ！」

ライネリアは雄叫びを上げる。悶死しそうだ。

「お前、私のことを馬だって言っていたじゃないの！」

「馬だなんて言った覚えはありませんよ。馬を洗ったことがあると言っただけです」

「ああ言えばこう言う！」

半分泣きそうになりながら喚き立てるライネリアに、ウルリヒはもう一度唇を啄んだ。

ちゅ、と音を立てて、唇が離れていく。

ライネリアは目が点になっていた。

（この状況でまた接吻をしてくるとか、どういう手練れなんだろうこの男……）

目の前にいるのは間違いなくウルリヒだというのに、まったく知らない男に見えてきた。

いろんなことが一気に起こりすぎて、もうものを考えることすら面倒になってきてしまい、ただ呆然とウルリヒのきれいな顔を眺める。

よほど腑抜けた面を晒していたのだろう。

ウルリヒがため息を吐いて、ライネリアの上から退いた。

「どうやら、許容範囲を超えたようですね。……まあ、今日はこの辺りにしておいて差し上げます」

「……それは、どうも……」

いつもなら「なんだその言い草は」と腹を立てそうな発言にも、今のライネリアは怒るどころか安堵してしまう。

素直に礼を言ったライネリアに苦笑いを零すと、ウルリヒはベッドから下りた。

やっと嵐のような出来事が終わりを迎えるのかとホッとしたのも束の間、ウルリヒの低い声が聞こえた。

「男の前で寝そべったままだと、誘っていると思われても仕方ありませんよ」

瞬間、腹筋を駆使してガバリと上体を起こす。真っ赤な顔で睨みつければ、ウルリヒはクスクスと笑っていた。

（こっ……この野郎……！）

こちらは焦って起き上がったというのに、余裕綽々《しゃくしゃく》な態度でこちらを見下ろしていることが気に食わなくて、鼻息荒く顔を背けた。

何か言ってやろうと思うのに、何も言葉が出て来ないのだ。

「覚悟してくださいね」

静かなのに、腹の底に響くような声だった。

心臓が音を立てて動き出し、ライネリアはギギッと音が聞こえてきそうなほどぎこちなく、声の主を仰ぎ見る。

ウルリヒの青い瞳が、深く凝った紺色に煌めきながら、ライネリアの目を見据えていた。

「やっと男として意識してくださったようなので、今日はここで引きますが……。今後は、容赦するつもりはありませんから」

そこはご容赦いただきたい！　と懇願したかったが、できなかった。

情けないことに、蛇に睨まれた蛙のように、身体が動かなかったのだ。

涙目で硬直するライネリアに微笑むと、ウルリヒは最後にひそやかな声で告げた。

「――愛していますよ、ライネリア様」

第三章　緋

ライネリアは紅茶を飲んでいた。

春も本番となってきた麗らかな午後、柔らかな陽射しの中でお茶を飲むのは、さぞ心が癒やされるだろうと思い立ち、テラスで午後のお茶を楽しむことにしたのだが……。

今日の茶葉は紅茶の産地で有名なルディ産で、発泡ワインのような芳醇な香りが特徴だ。カップから立ち上る湯気を吸い込んでみたのだが、どうにも匂いがしない。

ついでに言えば、一緒に用意された李のタルトも味がしない。

(そして何より、まったくもって癒やされない！)

春、麗らかな陽射しの差し込むテラス、一級品のルディ産の茶葉、大好物の李のタルト
——条件は完璧に揃っているはずなのに、癒やされない。

その理由は分かっていた。

「ライネリア様、タルトをもう一口いかがですか？」

どこから出しているのかと思うほど甘い声で訊ねられ、ライネリアは閉じていた目をカッと見開いた。

初めに見えたのは、艶めかしく光る銀色のフォークだ。その先には、適度な大きさに切り分けられたタルトが刺さっている。そしてそのフォークを持つ褐色の大きな手は、自分の背後から伸びているのだ。

そして極めつきは、ライネリアの尻の下にある感触だ。

ごついように見えてなかなか弾力があるのが意外だ——いや、そうではない。そうではなくて、それが椅子の硬質な感触ではないところに問題があるのである。

悶々と心の中で現状を把握しようとしているライネリアに、またもや甘い声がかかる。

「ライネリア様？　お口を開けてくださらないと、タルトを食べさせて差し上げられませんよ」

「いや自分で食べられるわッ！　紅茶も自分で飲むし、そもそも何故私がお前の膝の上にのせられないといけないのよ！」

そう。ライネリアは今、ウルリヒの膝の上にのせられている。そしてウルリヒによって給餌されているという異様な状況なのである。

事の起こりは今朝のことだった。

ウルリヒのとんでもない告白と接吻の後、ライネリアは自分の世話を彼にさせることをやめた。さすがに自分に対して女性として好意を持っている男性に、無防備に寝ているところを見られたり、着替えを手伝わせたり、ましてや入浴の介助をさせるなど、言語道断だと思ったからだ。

(私は痴女ではないわ！)

ライネリアは自尊心を保つために、それを証明してみせなくてはならなかった。

まず朝起こしに来るだろうウルリヒ対策として、寝室のドアの内鍵をかけてみたのだが、なんと紳士の皮を被ったヒグマはドアノブを破壊して入室してきた。どれだけ猛獣なのか。

『お前ッ……！　屋敷を壊すのはやめなさい！』

『ご安心を。あとで俺が完璧に修復しますので。それにしても、俺を締め出すとは、一体全体、どういうおつもりで？』

訊ねてきたウルリヒの背後に、氷山が見えたのは気のせいだろうか。そこから冷気が漂ってきている気がした。

『おま、お前が言ったんでしょう！　男の前で無防備に寝そべるなと！』

冷たい迫力に気圧されて、半分泣きながら言い訳をすると、ウルリヒは「ふむ」と顎に手を当ててまんざらでもない表情になった。

『さっそく意識していただけて、光栄です――ですが、俺の仕事が奪われるのはいただけませんね』

仕事、という言葉に、ライネリアは眉を顰める。

ライネリアの世話――というより、この屋敷の執事のような真似をすることが、ウルリヒにとって完全に「仕事」になってしまっていることが心配だった。

『ウルリヒ。何度も言っているが、私はお前に好きなことをしてもらいたいの。私の世話を焼くことは、お前の仕事ではない。やらなくていいことなのよ』

ライネリアの説得に、ウルリヒは悲しそうに眉を下げる。そうすると、華奢な少年だった頃の彼と重なって、ライネリアの胸の中に一気に憐憫が込み上げてしまう。

『ライネリア様、俺はあなたのお世話をするのが生き甲斐なのです。俺からその生き甲斐を取り上げないでください……！』

その顔で懇願されてしまえば、「ええ、分かった！　もちろんよ！」と頷いてしまいそうな自分がいて、ライネリアは慌てて自分の頬を平手で打った。

ウルリヒは主人の突然の奇行に目を瞬いていたが、ライネリアの方は痛みでなんとか目が覚めた。いかんいかん。流されてはいけない。

『いや駄目よ！　私は自分の面倒くらい自分で見られる！　お前は男で、私は女よ！　今後一切、私の寝室に足を踏み入れないで！』

ビシッと指を突き立てて宣言すると、意外にもウルリヒは『分かりました』頷いた。

『ですが、俺の生き甲斐を奪う代わりに、一つだけ条件があります』

ウルリヒが出した条件は、一日に一度、ライネリアを好きにできる時間を確保することだった。

もちろん、「好きにできる」などと言われて承諾できるはずがない、と一蹴したライネリアだったが、そこにウルリヒが『衣服を脱がせたり、素肌に触れたりは決してしません』と約束したので渋々承諾した。衣服を脱がされなければ裸になることはないし、素肌に触れないのであれば接吻だって無理だろう。

このまま話が平行線の状態では、毎日寝室の鍵が破壊されることになりかねないと判断し、彼の要望を受け入れたのだがこれまで衣装替えだの入浴介助だのと、さんざん裸を見せてきてしまっていたせいで、自分の基準が非常に低いことに、ライネリアは気づいていなかった。

――そうして、この午後のお茶会がこんな有様になったわけである。

ライネリアは、本当に純粋にテラスで紅茶を楽しみたかっただけなのだが、彼女の指示でテーブルを運んだり、お茶を淹れたりお菓子を用意したりしてくれたウルリヒは、全て完璧に整えた後、にっこりと笑って言ったのだ。

『ライネリア様。今からあなたを好きにしたいと思います。――俺の膝にのってください』

要望を突きつけられた方は、あまりの困惑に一瞬気が遠くなった。

口を開けたまま硬直したライネリアを、ウルリヒはいそいそと抱え上げると自分の膝にのせ、小鳥の給餌よろしく紅茶やらタルトやらを口に運び始めたというわけである。

そして今、正気に返り、膝から降りようとするライネリアを、ウルリヒの太い腕ががっちりと拘束している。

「だめですよ。約束してくださったでしょう？　俺の好きにする時間をくださると」

「それがなんで膝抱っこなのよ！」

「だってこれなら素肌に触れないですし」

確かに膝にのせられているが、ライネリアはドレスを着ているし、ウルリヒもトラウザーズを穿いている。布を何枚も隔てているから、条件は十分に満たしている。

にもかかわらず、自分の尻や太腿の下に、ウルリヒの硬い脚があるのだと思うと、風呂の介助をされるよりも居た堪れない。おまけに、筋骨隆々のウルリヒの身体は、ライネリアよりも体温が高い。布を介しても彼の温もりをしっかりと感じ取れてしまい、妙な気分になってしまうのだ。

「もっとこう、他にあるでしょう？　一緒に剣の練習をするとか、遠駆けに行くとか！」

なんとか今の状態から逃れたいライネリアは必死に頭を回転させて代案を出してみる。だがその提案を、ウルリヒはニコリと笑って却下した。

「それも楽しそうですが、またの機会に。今はこちらがいいので、じっとして、俺にあなたを堪能させてください」

言いながら、ライネリアの結った髪の中に鼻を埋めてくる。それだけならまだしも、そこで深呼吸しているのが分かって、ライネリアは悲鳴を上げた。

「やめなさい、ばか！　嗅ぐな！」

「いい匂いです」

「訊いてないわよ！」

「愛しています、ライネリア様」

「愛は免罪符にはならないからね⁉」

丁々発止のやり取りをしながら、ウルリヒの頭を遠ざけようと腕を突っ張るライネリアと、そうはさせじとライネリアの腰を抱く腕に力を込めるウルリヒと、二人はどんどんと取っ組み合いのような体勢になっていく。

ぐぬぬぬぬ、と血管の浮いた両者の腕が震える。緊迫した雰囲気の中に、おずおずとした声が割って入った。

「あの……、ご主人様。宜しいでしょうか。早馬で報せが……」

ひぃ、と内心の悲鳴を押し殺し、慌てて居住まいを正したライネリアに対し、ウルリヒは渋々といったていではあったが、ライネリアを解放してスッと立ち上がる。

そのまま何事もなかったように、執事然とした顔で傍に立つ男を睨みつけながら、ライネリアは侍女の差し出す手紙を受け取った。

「誰から？」

「国王陛下です」

「……オイゲンから？」

中身を検《あらた》めると、オイゲンからの『今からそっちに遊びに行くから』という軽い調子の文だった。

「いや、仕事しなさいよ、国王陛下」

文を読みながらぞんざいな口を利いてしまったが、致し方なかろう。国王陛下がこんなに軽く、この辺境までホイホイと遊びに来ていいはずがない。

（どいつもこいつも！　私の周りの男には、まともな奴がいないの……!?）

呆れたため息を吐きながら、ライネリアは使用人たちに国王訪問のための準備を命じたのだった。

＊　＊　＊

久しぶりに会ったオイゲンは、相変わらずだった。

熊のように大きな身体に、鬣のような金の髪、厳ついが整った顔立ちに、大きな声。だが以前より落ち着いて見えるせいか、威厳のようなものは増したように見えた。

（まさに『金獅子王』の二つ名に相応しいわ）

この男もまた、覇者である。父は見る者を惹きつけてやまない華やかなカリスマ性のある人物だったが、オイゲンはまた別のカリスマ性を持っている。清濁併せ呑む豪胆さと、どこか飄々《ひょうひょう》とした風のような気質が、人々を魅了するのだろう。

「いやぁ、久方振りですな、ご機嫌麗しいようで、皇女殿下。ウルリヒも、元気にしているようで何よりだ」

相変わらず自分を「皇女」扱いするオイゲンに、苦笑が漏れた。

「もうルキウス帝国は滅んだのに、皇女殿下はないでしょう。他でもない、我々が皇帝の首を落としたことを忘れたの？」

ライネリアが指摘すると、オイゲンは肩を揺すって笑った。

「違いない、違いない」

巷《ちまた》では、ライネリアが父帝と一騎打ちをして、その首を取ったということになっているが、実際は違う。父は歴代の皇帝の中でも剣術に長けた猛者で、ライネリアごときが敵う相手ではなかった。

父を殺すことは、おそらくオイゲンをもってしても不可能と予想されていた。だから、奇襲を仕掛けることにしたのだ。

父がオイゲンとの一騎打ちに挑んでいる最中に、ライネリアが背後から忍び寄り、父の心臓を背中から貫いたのである。

帝国では、戦において一騎打ちを挑まれた際、他の者が手を出してはならないという不文律があった。騎士道のある国では定着している価値観だが、異国の様々な文化の流入口であるレンベルクに生を受けたオイゲンにとっては、因習に過ぎなかった。

だから奇襲という悪道を、罪悪感皆無でアッサリと敢行してしまったのだ。

なので、父帝を殺したのは、ライネリア一人ではなかった。もしかしたらそれは、オイゲンによる、ライネリアへの唯一の情けだったのかもしれないとも思う。

（私一人が、父を殺したのではないとするために）

父殺しの罪の片棒を担いでくれたのではないだろうか。

オイゲンはそんなことを一言も言ったことはないが、多分この推察は正しいのだ。

こういう人間だからこそ、ライネリアは彼を戦友と定めたのだから。

「では、ライネリア殿、でよいかな？」

お伺いを立てられて、ライネリアはそれを鼻でせせら笑う。

「あなたと私の間柄よ。呼び名などどうでもいいわ。……で？　この訪問の用向きはなんなの、国王陛下」

単刀直入に切り出すと、オイゲンは珍しく緊張しているのか、大きな身体でモゾモゾと居住まいを正すと、広げた両脚の膝に両手を置いて、ガバリと頭を下げた。

「どうかこの私と結婚してはくれまいか、ライネリア殿！」

予想だにしない言葉に、ライネリアは持っていたティーカップをガチャンとソーサーの上に落とす。驚かされたのはライネリアだけではなかったようで、客間に置かれたティーワゴンの傍に立ち、優雅な所作でティーポットを持っていたウルリヒも、ティーポットを床に落とし、盛大に中身をぶちまけていた。

「おいおい、ウルリヒ坊主、絨毯が水浸しだ」

この場で唯一冷静なオイゲンが、シミの広がる絨毯を指さして注意しているが、それどころではない。

「いや、なんの冗談なの、オイゲン」

ウルリヒに続いてお前もか、と頭を抱えたくなったライネリアに、オイゲンが「イヤイヤイヤ」と片手をパタパタと振ってみせた。

「何も本当に結婚するわけじゃない。いやまあ、結婚はしてもらうんだが、建前と言うか……」

要領を得ない説明に、ライネリアは眉間に皺を寄せる。

「建前でする結婚なんて、意味があるとは思えないのだけれど」

「意味があるから頼んでいる」

きっぱりと言い切ったオイゲンの顔が、施政者のそれに変わったので、ライネリアは背筋を伸ばした。どうやら冗談ではないらしい。

「どういうことか説明してちょうだい」

こちらが聞く姿勢になったのが分かったのか、オイゲンはフウと息を吐いた。

「感謝する」

「まだそのトンチキな求婚を受けるとは言ってないわよ。まずは説明をしなさい、説明を」

「仰る通り、トンチキな求婚だからな。門前払いされても仕方ないと思っていたんだよ。聞く耳を持ってくれるだけでもありがたい」

ため息のようにそう言ったオイゲンは、おもむろに「ヴィルニスという国を知っているか」と訊ねた。

もちろん知っていたので、ライネリアは首肯する。

「かつて父が属国化した国の一つで、大陸の西南に位置する国でしょう。帝国解体後、レンベルク同様に復活したんじゃなかったかしら？　確か、ディプロー教の聖都があって……」

ディプロー教とは旧帝国の国教で、唯一神ディプローを祭る宗教だ。数百年前に起こり、盛衰を繰り返しながら広がっていき、今日では大陸の大半の国がこの宗教の影響を受けている。その中でもヴィルニスは、ディプロー教が『復活の場所』と呼び、聖都と位置付けた聖地を含んでいるため、宗教色の強い国となっている。

「そのヴィルニスに、どうやら不穏な動きがあるようだ」

「……なるほど」

ルキウス帝国は、皇帝亡き後大まかに四つの国へと分かれた。

その内で最も広大な領土と大きな力を持っているのが、オイゲンの治めるレンベルクである。オイゲンは以前のレンベルクの領土に加え、帝国の半分ほどの土地をレンベルクの領土と定めた。

帝国を滅ぼした立て役者なのだから、多くの取り分があって当然ではあるが、それはこちらの理屈である。取り分の少なかった国々からしてみれば、不満を抱いて当然、というわけだ。

「その中でも一番面白くないのが、このヴィルニスだ。なにしろ、我がレンベルクは一応ディプロー教を国教としているが、他の宗教にも寛容だ。レンベルクの領土が増えれば増えるだけ、大陸でのディプロー教の影響力は弱まると言っても過言じゃない」

「……だから、少しでもレンベルクの領土を削りたい、というわけね」

ライネリアの言葉に、オイゲンが厳つい肩を持ち上げる。

「それだけならいいが、どうやら我が王家の乗っ取りを目論んでいるようでな」

「へえ？」

ライネリアは脚を組んでニヤリと笑った。

「ルキウス帝国を転覆させた金獅子王オイゲンが、今度はヴィルニスにその首を狙われる、か。面白くなってきたじゃないの」

争いは争いを呼び、どこかで切らない限り永遠に連鎖する――それがライネリアの持論だ。だからこそ、父を討った後、ライネリアは出奔しようと考えていた。争いを引き起こしてしまった自分は、いつかその恨みを受けて同じ目に遭うだろう。自分はいい。殺されればそれで済むが、その後自分の周囲にいる誰かが、また恨みを抱いて自分を殺した相手に矛先を向けるだろう。ライネリアにとって、それは耐えがたいものだ。

争いと憎しみは連鎖する。誰かが恨みと憎しみを引き受けて、その連鎖を断ち切らなければいけないのだ。

そのために、誰かに殺されずに、どこか遠い場所まで逃げて逃げて、生き続けるのが自分の贖罪だと思っていた。

「だが乗っ取ると言っても、今や大陸一の大国レンベルクじゃないの。そう簡単に乗っ取れるものなの？　あなたの国は」

嫌味っぽく訊いてやると、オイゲンはカカッと愉快そうに笑った。

「そうはならんように尽力はしとる。……だが問題は、私の後継者だな」

「後継者」

そこまで来て、ライネリアはようやく話の筋が見えてきた。

オイゲンは齢《よわい》五十六にして、未だに妻帯していない異例の王としても有名だ。当然後継者もいないため、臣下たちもさぞかしヤキモキしていることだろう。

「あなたは男色なの？」

直球で訊いてみたが、オイゲンは言われ慣れているようで、まったく動揺する素振りも見せず、淡々と「違うわい」と答えた。

「実は既に妻はいるのだ」

「は？」

そんな話は初めて聞いた、と目を丸くしたライネリアに、オイゲンは寂しそうに笑う。

「ルキウスに下る前のレンベルクで、私は妻を迎えていたのだよ」

「――それなら、どうして……」

妻がいるなら何故それを公表しないのか、そして何故自分に求婚したのかが分からず、ライネリアは首を傾げる。

するとオイゲンはライネリアの背後に視線を向け、またこちらに戻して言った。

「私の妻は、褐色の肌を持つ異民族だったのだ」

「――ああ、なるほど」

答えを教えられて、ライネリアは胸糞の悪さと共に納得した。

ディプロー教は、異民族を『悪魔の民』と呼んで差別する。そして父は熱心なディプロー教徒だったため、帝国では肌の黒い者は迫害を受けていた。彼らは貴族はもちろん、平民にもなれず、奴隷として家畜のように扱われていたのだ。

(思えば、マレルナが王宮で悪口を言われたのは、このせいだった)

「確かに父ならば、褐色の肌の妻がいることを認めはしなかったでしょうね。それで、妻帯していることを内密にしていたというわけね」

肌の色がなんだというのか。何を信じ、何を行うかで、その人の価値は決まるものだとライネリアは思っている。そしてその価値を決めるのは他の誰でもない、自分自身でしかないのだ。

今思い返しても、マレルナへの王宮の人々の態度には腹が立つ。それを先導していた筆頭が自分の父であったことが、今なおライネリアを苦しめていた。

「それだけではない。妻は、自分が皇帝に認められないと知るや、私に迷惑をかけたくないと、どこかへ出奔してしまったのだ。それも、私の子を孕んだまま」

まるで物語のような話に、ライネリアは目を丸くした。

「まあ……そんな演劇のようなことが、あなたの身に起きていたとは」

「おいおい、娯楽と一緒にしてくれるな。こっちはどれほど苦しんでいると思ってる」

むっつりと口の端を曲げたオイゲンに、「ごめんなさい」とすぐに謝りながら、ライネリアは続きを促す。

「それで？　奥方は見つかったの？」

その問いに、オイゲンは静かに首を横に振った。

「大陸の中を探し続けているが、まだ見つかっていない。妻が出奔した直後に、旧レンベルク領内で紛争が起きてしまい、混乱が続いたからな……」

弱くなった語尾に、オイゲンの妻への愛情を感じて、ライネリアは切なくなった。

戦争の混乱の中で、身重の女性が生き残れる可能性は低い。それはオイゲン自身も分かっているのだ。分かっていても、未だに捜索を打ち切れないほどに、今なお妻を愛し続けているのだろう。

「最後に妻を見たのは、もう二十年以上も前の話になる」

「そう……。それで、私に求婚してきたということは、もう諦めるということ？」

ライネリアを妻に、というのは飛躍しすぎているが、つまりはそういうことなのだろうと思い訊ねたのだが、オイゲンは目を剝いて怒ってきた。

「諦めるわけがなかろう！　妻の姿——よしんば遺体か、身元が分かる物であってもいい。

彼女が存在していた証を見つけ出すまでは、私は諦めん！」

「そ、そう……」

唾を飛ばして怒鳴られ、その迫力に気圧されながらも、ライネリアは「では何故私に求婚などしてきたのよ」と訊ねる。

するとオイゲンはサッと怒気を収め、ドサリとその巨体を椅子の背に預けた。

「ここでさっきの話に戻るわけだよ。ヴィルニス王が、私の後継者の資格があると主張してきたのだ」

「――は？　それはまた、えらく突飛な方向から矢を放ってきたものね」

ライネリアの反応に、オイゲンは唸り声のようなため息を吐き出す。

「荒唐無稽な話と一蹴したいところだが、それなりに根拠があるのだ。ヴィルニス王の曾祖母は我が国出身の王族でな」

「遠いのでは」

にべもなく言い捨てると、オイゲンは苦笑した。

「そう遠くもないさ。今うちは王族と呼べる者がほぼいないのだ。皇帝に人質として差し出してしまったから」

「……はあ、また我が父のせいで……」

ライネリアはうんざりとした顔になる。

父が、属国となった元国王を従わせるために、その親族を人質として離宮に住まわせていたのは有名な話だ。そして気に食わないことをされれば、容赦なくその人質を殺したことも。

「我が王家は子どもが生まれにくい血筋のようでな。私の父には妹が一人だけ、私には兄弟がおらん。だから人質は遠い親戚から出すしかなかったのだが、それならば数を送れと皇帝に言われて、ただでさえ少ない王族が半減してしまった」

人質で生き残った者がいないことは、話しぶりで分かったので敢えて訊かなかった。

「今我が国に残る王家の血筋は、七十二になる叔母のみだ」

「なるほど、それは、結婚すべきね、オイゲン」

ライネリアはすかさず言った。全てを解決するには、オイゲンの直系の子をつくるしかない。

「それは分かったけれど、その相手が私である理由が分からないわ。私は悪名高い皇帝の娘よ」

血が汚れている、などという曖昧な理由だけではない。帝国に忠誠を誓う者たちはまだ各地に存在していて、ライネリアを狙ってくる可能性はゼロではない。それは皇帝を裏切った娘への復讐心からの場合もあり得るし、またこの血筋を旗印に、反乱を企む場合もあるだろう。

どちらにしても、そんな危険人物を自国の王家に取り込むなんてリスクが高すぎる。

だがオイゲンはニヤリと笑った。

「確かにあなたは皇帝の娘だ。だが同時に、その皇帝を討った英雄、『女傑姫』なのだ。我々は奇しくも、今代で『英雄』と並び称される二人だ。その英雄同士の結婚となれば、我が国の民は狂喜乱舞するだろうし、ヴィルニスの干渉も撥ね退けられる」

　拳を振るって力説するオイゲンに、ライネリアは脚を組み直して首を傾げた。

「……けれど、後継者は？　さっきあなたは、私との結婚は建前だと言っていたし、私が子どもを望めない身体なことは、あなたも知っているはずでしょう」

　ライネリアは、クーデターの時に敵に腹を刺されたせいで、医者に子どもは望めないだろうと言われていた。

　最初にそれを告げられた時、さすがに胸にくるものがあった。しかしライネリアは子を持つつもりはなかったので、自分にとって不要な能力が一つ消えただけと受け入れることができたのだが、このことを知ったオイゲンは非常に驚き、血相を変えて箝口令《かんこうれい》を敷いたのだから、知らないはずがない。

　ライネリアの指摘に、オイゲンは張り出した胸筋をバンと突き出し、偉そうに答えた。

「そこは、時間稼ぎだから構わんのだ！」

「……はぁ!?」

　突拍子もない答えが飛び出してきて、ライネリアは盛大に顔を顰めた。同時に、背後に立っていたウルリヒの方からバリンと派手な音がする。驚きすぎて食器を割ったのかもしれない。

呆れ返る二人の反応にも構わず、オイゲンは自信満々に続けた。

「私の妻と子どもは、いずれ見つけ出す！　もう亡き者となってしまっていたとしても、その証を見つけ出さない限りは、私も次の妻など迎えられんのだ！」

「いや、結局あなたの私情か！」

つまり、オイゲンが妻を、或いはその遺品を見つけ出すまで、ライネリアを婚約者にしておきたいということなのだろう。用が済めば婚約解消というわけだ。茶番にもほどがあるが、確かにこんなふざけた求婚を受けてくれる女性など、ライネリアくらいのものだろう。

それにしても、一国の王ともあろう者が、私情でこんなトンチキな結婚をしていいはずがない。

盛大に呆れながらも、ライネリアはオイゲンの気持ちが少し分かってしまった。

人には、どうしても譲れないものがある。

ライネリアの場合、それはマレルナだった。誰よりも大切にしていた親友を殺された時、ライネリアの中で父は悪になった。討たねばならない悪――。

(でも、本当はそうではないと分かっている)

父の全てが悪なわけではなかった。全てが悪の人間などきっと存在しない――全てが善の人間が存在しないのと同様に。実際、父は自分の子どもたちは可愛がっていたと思うし、人を惹きつけるカリスマ性があったということは、美点も多くあったのだろう。

悪である父を討たねば、というのも、突き詰めればライネリアの私情でしかない。無為に殺される命をこれ以上増やしてはならないという建前の背後には、マレルナを殺された恨みがあったのだから。

（――それを分かっていても、私は父を討った）

それは譲れなかったからだ。譲れないものがある時に、人は理屈抜きで動いてしまう生き物なのだ。

「私情であることは、重々承知している。だが、私も譲れない。どうしても、まだ正式な結婚はできん。妻を探し出したいのだ。どうか、どうか、この私の頼みを聞いてはくれまいか！」

オイゲンが再び頭を下げて懇願する。

大きな身体を丸める姿を見つめながら、ライネリアは深いため息を吐いた。

＊＊＊

結局、オイゲンの求婚への返事は先延ばしにし、ひとまずその場を収めてもらった。

そんな重要な話にホイホイと返事をするほどライネリアは軽率ではなかったし、自分自身のことも少し見つめ直すべきだと思ったからだ。

これまでライネリアは、己の人生の先を想像することを、無意識に禁じていた。それは何故なのか。

（私は……多分、父を倒して、もう己のやるべきことは終えてしまったと思っているのね……）

ライネリアの父殺しは、詰まるところ復讐だ。どれだけ美辞麗句を重ねたところで、マレルナを殺した父に復讐をしたかった。ただそれだけだったのだ。

大願を果たした時、自分が刺した父の身体から溢れ出る夥《おびただ》しい緋色を見ながら、もう、これで望むものは何もないと思った。

自分の大願は、大罪だ。それは実行する前から覚悟していた。その罪深さに、決意が鈍りそうになる夜を、幾度超えたか分からない。何度も自問自答を繰り返し、それでもやらねばならないと叫ぶ自分の心に従った。

葛藤を繰り返したことを無駄だとは思っていない。

何度も悩む中で、一つの真理に辿り着けたからだ。

（この大罪は、他の誰でもない、私だけのもの）

自分は、自分の復讐のために父を殺した。

父は施政者として苛烈であったから、自分の大義名分はいくらでもある。オイゲンの成し遂げた下剋上には、それは必要だろう。皆を納得させる理由は、美しく正当であるべきだから。

だがそれは所詮、偽りでしかない。ライネリアは自分で自分を騙すことはしたくなかった。自分が行ったことは紛れもなく大罪だったと肝に据えておかなければ、きっとどこかで歯車が狂う。

美しい虚偽など要らない。この手で行った醜悪で血に塗れた真実だけを抱えて、自分はこの先の人生を生きていくべきなのだ。

「……ああ、私はあの時、一度死んだんだわ」

ベッドの上で寝転がりながらポツリと呟いた言葉が、部屋の空気に霧散する。

父を殺した時、ライネリアの人生も一度終わったのだ。

それだけの罪と覚悟を背負っていた。自分の命を懸けるべき大罪だった。

ハハッと乾いた笑いが漏れる。

「……確かに、今の私は幽霊のようね」

大願を果たした後、ライネリアにはもう何もなくなった。

復讐をやり遂げた。やり遂げてしまった。それ以外にしたいことなどなかったのだ。

(自分にできることは、私の罪が引き起こすだろう憎しみの連鎖を断ち切ることだけだ)

もう誰にも、この苦しみと痛みを味わわせたくない。――そう、強く思う。

ライネリアは、苦しみ続けてきた。

父を殺してからずっと、心臓が痛む。この手で父を貫いたのと同じ場所だ。

無論、そこに本当の傷があるわけではないから、これはきっと父のかけた呪いなのだろう。背中から貫かれた瞬間、振り返った父が見せた驚愕の表情が、今なお目に焼き付いて離れない。自分を殺すのが己の娘だとは思いもしなかったという顔だった。

その表情を見た時に初めて、父を殺すということが、どういうことなのかを知った。

父はあっという間に事切れた。心臓を貫いたのだから当たり前だ。血を流し、痙攣しながら崩れ落ちる父の身体を受け止めると、走馬灯のように幼い頃の記憶が蘇った。

——確かに、私はこの父の娘だった。

そしてその父を今、この手で殺した。

ないはずの胸の傷が痛み始めたのは、この瞬間からだった。

(……憎しみの先には何もなかった)

あるのは、ただ広がる虚無と、大罪を背負い、その痛みに耐え続けなくてはならない自分だけだ。

荒涼としたこの虚ろの中で、憎しみの連鎖を断ち切るために、誰にも殺されないようにして、静かに一人、死んでいくのだと思っていた。

だが幸運なことに、ライネリアにはウルリヒがいてくれた。

マレルナに託されたあの子が、ライネリアの新しい『生きる意味』になってくれたのだ。

(……ウルリヒがいなければ、この八年は、無意味で、もっと荒んだものになっていたでしょうね……)

あの子のために生きようと思った。

今も思う。ウルリヒが幸せになれるように、ただそれだけを願って、この八年を共に歩んできた。

『愛しています、ライネリア様』

自分に愛を告げる養い子の端正な顔が脳裏に浮かび、ライネリアはぎゅっと目を閉じる。

（……それは、間違いなのよ、ウルリヒ）

ウルリヒの自分に対する恋慕は、幼子が親に抱く感情に違いない。

子どもが大人に褒められて喜びを覚え、もっとこっちを見てほしい、自分を認めてほしいという欲求と同じだ。

ライネリアは、ウルリヒが自分に執着することが怖かった。

自分はいつか、父と同じように命を狙われる。それは漠然とした予感だったが、きっと現実になるだろう。憎しみは連鎖するものだ。自分が殺されれば、今度はその憎しみをウルリヒが背負うことになるのではないかと思うとゾッとした。

（――それだけは、したくない……！）

ライネリアは、ウルリヒを愛している。

この想いがウルリヒのように、異性へ向けた愛情なのかは分からない。

恥ずかしいことに、未だ男女間の恋情を知らないライネリアには、この愛情が家族としてのものなのか、異性へ向けたものなのか区別がつかないからだ。

けれど、今ライネリアが持つ愛情の中で、最も強いことは確かだった。

（――丁度、マレルルナへの愛情とよく似ている）

マレルナとウルリヒの二人は、ライネリアにとって、最も大切な二人だ。

(だからこそ、もう、離れるべきなんだわ)

これ以上、ウルリヒが自分に執着するのを防ぐべきだ。

自分の罪の連鎖に、彼を巻き込みたくなかった。

「……オイゲンの申し出を受けてもいいのかもしれない」

形だけとはいえ、誰かの婚約者になってしまえばいい。オイゲンの婚約者なのだから、王族に準じる身分となるわけだ。警備の整わない辺境の屋敷に身を置くことは許されないだろうから、王都の離宮あたりに入れられるのが妥当な線か。そしてライネリアの周囲はレンベルク王国から派遣された女官たちで固められることは間違いない。

今のように異性であるウルリヒを傍に置くことはできないだろう。

(そうなれば、さすがにウルリヒも諦めるだろう)

この屋敷ではライネリアと二人きりのようなものだ。新しい環境になれば、きっと彼も他に目が向くだろう。

(……そうして、私のことなど忘れてしまえばいい)

誰かに幸せそうに微笑むウルリヒを想像して、少しだけ、心が軋んだ。その痛みに気づかなかったふりをして、ライネリアは目を閉じる。彼が幸せならばそれでいい。

「幸せになるのよ、ウルリヒ――」

心からの願いを言葉にした瞬間、ノックの音が響いた。

この屋敷の中でライネリアの寝室のドアをノックするのは、ただ一人しかいない。

「どうぞ」

短く入室の許可を出せば、ドアの向こうから現れたのは、やはり見上げるような長躯の美丈夫だった。

「ど、どうした？」

ライネリアは目を丸くして問いかける。現れたウルリヒの目がもの凄く据わっていたからだ。青い瞳には刃物のような剣呑な光が宿り、寄せた眉根の間にはクッキリと深い皺が刻まれている。

（こ、これは……相当に機嫌が悪い時の顔だ……！）

ライネリアの記憶が確かなら、過去にこの顔をしたのは一度だけ。

一緒に暮らし始めて間もない頃、ウルリヒが村娘の一人に恋文をもらっているところを偶然目撃したことがあった。村娘はライネリアに気づくと、顔を真っ赤にして逃げて行ってしまい、ウルリヒと二人で取り残され、なんとなく気まずい雰囲気になってしまった。

困ったライネリアは、苦し紛れに「お前も隅に置けないな」とからかい混じりに言ったのだ。その余計な一言が、ウルリヒの逆鱗に触れてしまったらしい。丁度今と同じ目で見据えられた挙げ句、それから数週間まともに口を利いてもらえなかったという、痛い思い出だ。少し考えれば、思春期の少年の色恋沙汰を揶揄《やゆ》するなど、愚行以外の何物でもない。

だがその頃のライネリアはまだ若く考えが至らなかったのだ。

その手痛い経験から学び、ウルリヒ少年には色恋の話題は振らないように注意を払ってきた結果、それ以来この超最大級の不機嫌顔をさせたことはなかったというのに。

「な、何があったの？　ウルリヒ」

狼狽えながら訊ねたライネリアに、ウルリヒは更に眦を吊り上げた。

「鈍感もここまで来ると称賛に値しますね」

心配をしてやったというのに嫌味を返されて、好戦的な性質《たち》のライネリアは当然のごとくムッとする。

「は？　喧嘩を売りに来たの？」

目には目を、喧嘩腰には喧嘩腰をである。ドスの利いた唸り声を出してみせたが、ウルリヒには効果がなかったようで、鼻を鳴らしてせせら笑われる。

「愛の押し売りに来たんですよ」

「……？　なんですって？」

幻聴だろうか。ライネリアの見解では、今自分たちは喧嘩の売り買いをしているはずだったのだが。

呆気に取られるライネリアの目の前で、ウルリヒは顎を上げてふんぞり返った。

「愛しています、ライネリア様」

「そ、そう……」

こんなに偉そうな愛の告白があっていいのか。

「愛する女が他の男に求婚されたのを目の当たりにして、機嫌良くいられる方が不思議だと思いませんか？」

「――なるほど」

ライネリアはようやく合点がいった。

ウルリヒはオイゲンから求婚されたことが気に食わなかったらしい。確かに、彼の言い分は正しい。だがそれがライネリアの咎ではないのは明白だ。

「求婚されたからと言って、私が悪いわけではないでしょう」

これは八つ当たりというものである。呆れた口調で諭せば、ウルリヒも肩を竦める。

「もちろん、そんなことは百も承知です」

「だったら……」

「ですが、気分が悪いものは悪いんです。宥《なだ》めてください」

理不尽なことをきっぱりと言い切るウルリヒは、先ほどと同じくふんぞり返ったままだ。傍目から見れば単なる我儘だが、ここまでふてぶてしく言い切られると、いっそ清々しい。

「――お前って奴は……」

思わず噴き出してしまいながら、ライネリアはやれやれとベッドの上に座った。そしてポンポンと自分の膝を叩いて、ウルリヒに向かって頷いてやる。

「おいで」

彼がまだ少年だった頃、よく膝枕をしてやったことを思い出したのだ。

あの頃のウルリヒは『蟻の巣』での生活の後遺症からか、頻繁に悪夢を見ては、夜中に飛び起きていた。そのうち、夢を見るのに怯えてか、ちゃんと眠ろうとしなくなったため、心配したライネリアが膝枕をしてやったのだ。何故膝枕だったのかと言えば、自分が幼い頃、乳母のしてくれる膝枕が大好きだったからだ。乳母の太腿はふわふわで柔らかく、その上ホカホカと温かかった。あの柔らかさと温もりに不思議な安堵を覚えたものだった。自分の太腿は乳母と違って筋肉質で硬いが、その分体温は高いはずだ、と試した結果、目論見は見事に成功した。ウルリヒは膝枕して数分でスッと眠り込んでくれたのである。

それ以来、彼が情緒不安定になると、膝枕してやるのが恒例となったのだ。

悪夢を見なくなったのか、いつの間にか膝枕をすることはなくなったが、今ウルリヒが情緒不安定であることは確かなようだから、きっと今回も効果があるだろう。

膝を差し出され、ウルリヒは一瞬目を見開いてライネリアの脚を凝視したが、やがておもむろにベッドに上がった。

四つん這いになって近づいてきて、お伺いを立てるような眼差しを向けてくるので、ライネリアは笑いを噛み殺しながら頷いてやる。

「どうぞ」

促すと、ウルリヒは大きな身体を丸めるようにして太腿に頭を乗せてきた。ずしりとした重量を脚に感じ、ライネリアは内心驚いてしまう。

（……重いわ……）

そして、頭が大きい。以前はこれほど大きくなかったし、頭も軽かった。

（……よく見れば、首もずいぶんと太くなったなぁ……）

首どころではない。肩幅も胸板も、あの頃とは比べ物にならないほど巨大化している。これまでさんざん丸太だヒグマだと揶揄《からか》ってきた当人であるくせに、その事実を今更ながら突きつけられた気分だった。

これはなんと言うか、実に、でかい。

圧迫感のある光景だが、その巨大なヒグマが大人しく自分に膝枕をされている様は、奇妙な誇らしさをライネリアに抱かせた。獅子を飼い慣らすことに成功した猛獣使いは、こんな気持ちなのかもしれない。

（……ああ、だけど、髪の触り心地は同じね）

金の髪を指で梳くように撫でると、見た目よりも柔らかな感触に笑みが零れた。意外と猫っ毛なのだ。

流れでそのまま頭を撫でていると、気持ちが好かったのか、ウルリヒがうっとりと目を閉じた。

（本当に、大きな猫のよう）

閉じられた瞼の先の、長い金の睫毛が呼吸の度に揺れている。

愛しい、と唐突に思った。

（ああ、私は、ウルリヒに確かに愛情を抱いているのね……）

今ほど実感が籠もったことはなく、ライネリアは自分でもびっくりしていた。

これまでにも、彼に愛情を感じることは何度もあった。けれどもそれは、マレルナとの最期の約束を果たす、という前提があっての感情だったように思う。ウルリヒを守らなくては、幸せにしてやらなくては、という義務感が先立っていたのだ。

だが今ライネリアは、ただ単純にウルリヒを愛しいと思っていた。彼がマレルナの弟であることは関係なかった。自分の膝の上に全てを委ねて身を預けるこの猛獣のような男を、どうしようもなく可愛いと思ったのだ。

（……ダメね、私は）

彼を愛しいと思うと同時に、これではいけないという焦燥感が押し寄せる。

ウルリヒを愛しいからどうだというのか。今自分がしなくてはならないのは、彼から離れることだというのに。

そんな葛藤など知らぬとばかりに、ウルリヒが頭を撫でる手に、猫のように額を擦りつけてきたので、ライネリアは苦い笑みを浮かべた。本当に、こんなに図体の大きな男を可愛いと感じるなんて、自分の感性はどうかしている。だが可愛いものは仕方ない。

この愛しい温もりが、自分の傍からなくなってしまうのかと思うと、ヒヤリと背中に冷気を感じた。

（……そうか。私が歩むこの先の人生は、こういう寒々しい道なのね）

一言で言えば、孤独だ。誰も懐に入れず、誰の懐にも入らない。誰にも殺されず、一人で生き抜かなくてはならない。そういう道だ。

父を殺してからずっと、自分は孤独であらねばならないと覚悟を決めてきたはずだったのに、いざ目の前にすると狼狽えている自分が情けなかった。

昼間の騒動を思い出す。オイゲンの求婚は、確かに常識はずれなものではあった。

――けれどこれは、良い機会になるだろう。

オイゲンは、時間稼ぎだと言っていた。彼の妻が――或いはその死の証拠が見つかり次第、ライネリアを解放するつもりなのだろう。オイゲンは女性に無体を働く男ではない。

ライネリアが嫌だと言えば、それこそライネリアを死んだことにしてでも解放してくれるはずだ。

（その後ならば、私の本懐を果たせる）

孤独の中を生き抜き、死ぬこと。復讐の連鎖は、己で断ち切らねばならない。

「ウルリヒ。私はオイゲンの申し出を受けようと思う」

ライネリアは金の髪を梳き続けながら、静かに告げた。

すると閉じていた目をカッと見開き、ウルリヒがこちらを睨みつけてきた。

「――なんですって？」

大男でも逃げ出しそうな冷たい声で問われたが、これで臆するにはライネリアの肝は据わりすぎている。そもそも人の太腿に頭を乗せた状態で凄まれても、という話である。

「オイゲンと結婚すると言っているの」

より分かりやすく言ってやると、ウルリヒはガバリと身を起こした。座ったライネリアの尻の両脇に長い腕をつき、逞しい上体で覆い被さるように顔を寄せられて、瞳の中を覗き込まれる。

青い目の瞳孔までハッキリと見える距離に、ライネリアは心持ち顎を引いた。

「あのばかげた求婚を受け入れると？」

氷点下、という言葉がピッタリの、冷え冷えとした眼差しだ。

（……これは相当頭に来ているわね）

何をしでかすか分からない時の顔だ。警戒しつつ、鷹揚に頷いてみせる。

「ええ、そうよ。あのトンチキな求婚を受け入れるつもり」

「あの男はあなたを愛しているわけではない。ただ自分の問題を解決するために、あなたを利用しようとしているだけです。あなたになんの利点もないから、政略結婚ですらない」

正しい指摘を羅列するウルリヒに、ライネリアは苦く笑った。

「利点の有無は関係ない。私には、オイゲンに多くの借りがある。本来なら殺されて当然の私が、今こうして生き永らえているのは、彼が尽力してくれたおかげだわ。大恩ある戦友の頼みを聞かないわけにはいかない」

それは建前ではあったが、事実でもあった。オイゲンはおそらく、全てが終わった後、ライネリアがどこかへ一人で出奔しようと考えていることを知っていた。だから、ライネリアを孤独にさせないために、あれほど策を弄して『英雄』に仕立て上げたのだろう。

結果として、ライネリアはウルリヒと共に在る八年を送ることができた。それは間違いなく、幸福な八年間だった。

だから、ライネリアがオイゲンに大恩があるのは事実で、それはウルリヒも分かっているはずだ。

その証拠に、ライネリアの説明に、ウルリヒは黙り込んだ。

睨み合っていた目を逸らし、ライネリアの首にその顔を埋める。そのまま動かなくなったので、ライネリアは苦く笑って肩を竦める。

「おーい？　ウルリヒ坊や？」

柔らかな金の髪が頬に触れる感触を楽しみながら、とんとんとその頭を叩いた。だがその次の瞬間、触れた頭が小刻みに震えていることに気づいてギョッとなる。

「え、ちょ……ウルリヒ？」

慌てて両手でウルリヒの顔を掴んでこちらに向けると、案の定、彼は涙を流していた。

「お、おま……ど、ど……」

先ほどまで見つめていた青い瞳から透明な雫が伝っている光景に、ライネリアはすっかり度肝を抜かれてしまった。あまりの衝撃に言葉すらまともに出て来ないでいると、ウルリヒは涙を拭おうともせず、キッとこちらを睨《ね》めつけてきた。

「どうしてあなたは、そんなに簡単に、自分を誰かに渡してしまうのですか！」

泣かれたかと思った矢先に怒鳴られて、感情の激しい上下に付いていけない。間抜けな鳩のような顔で「えっ、えっ」と呟きながら言われたことを頭の中で整理する。

「か、簡単にって……話を聞いていた？　私はオイゲンに恩があるから、それを返すつもりで――」

先ほどと同じ内容を繰り返すと、ウルリヒに即座に否定された。

「違う！　それはただのこじつけだ！　あなたは自分に価値を置かない！　自分のことなどどうでもいいと考えているから、そうやって簡単に自分を売ってしまえるんだ！」

激しい反論に、ライネリアは呆然とした。

ウルリヒの言葉は正しい。ライネリアは、確かに自分のことはどうでもいいと考えていた。

「ウルリヒ……」

まさかウルリヒが、そんなことにまで気づいているとは思わなかった。

幼い頃から見てきたせいか、彼をどこか子どものままのように思っている自分に気づき、ライネリアは驚きと共に認識を改める。

ウルリヒは、もう、十分に大人なのだ。

それを嬉しくも、寂しくも思う。これが感慨というものなのかもしれない、と思いながら、ライネリアは己についての言葉を紡いだ。

「ウルリヒ、私は、お前の考えるような人間じゃないの。私は、私怨のために自分の父親を刺し殺すような人間なのよ。その私怨すら、もうない。……私は父を殺したあの日、全てをやり遂げてしまった。あれほど貫かねばと思っていた信念も、焼けるような憎しみも、痛いほどの焦燥感も、消えてしまった。もう、私の中には何もないの。……空っぽの人間なのよ」

独白のような台詞になってしまったなと、少し自分を恥じる。己のことを語るにはもう若くないし、若者の後学のために己を語れるほど熟してもいない。だが、嘘偽りのない言葉でもあった。

それなのに、ウルリヒはそれを鼻を鳴らして一蹴した。

「だからオイゲンに自分をくれてやると？　ずいぶんお手軽な自分の処分方法ですね」

処分方法という言葉に、またもやライネリアは驚かされた。実に的を射た表現だったからだ。

（……その通り。私はオイゲンに嫁ぐことを、自分の処分と捉えていた）

自分でも気づいていなかった本音を暴露され、ライネリアは呆然とウルリヒを見つめる。

「そんなこと、許さない」

言い切ったウルリヒは、挑むようにこちらを睨みつけながら、涙を流し続けている。

（……お前、そんな表情……）

ライネリアは眉を下げた。

ウルリヒの顔は、そのまんま、子どもの悔し泣きだ。精悍な美貌を子どものように歪めて泣くこの男に、どうしようもない愛しさが込み上げる。

（……男の泣き顔を見て愛しいだなんて、ずいぶんと悪趣味だわ）

自分に呆れながらも、彼の流す透明な雫がもったいなくて、それを掬《すく》おうと動かした手首を大きな手に摑まれた。

「誰かにくれてやると言うのなら、俺がもらう。空っぽだというあなたの中を、全部俺で満たしてあげます。だから、俺にあなたをください」

その言葉に、ライネリアは一気に心が惹きつけられるのを感じた。

この空洞を満たしたいと、本当はずっと望んでいた。ややもすれば漂って朽ちるだけの己の生に、目的や意味という重石を、ずっと欲していたのだ。

自分の中に空虚を抱える人間は、誰しもそうなのではないか。

「愛しています、ライネリア様……！　どうか、俺を受け入れて……！　お願いだから、他の誰のものにもならないでください……！」

ウルリヒが哀願する。すっかり大人になった端正な美貌に、苦悶の表情を浮かべて、美しい海色の瞳から透明な雫をはらはらと零している。

（――ああ……）

ライネリアの胸の中に、ウルリヒに対する愛情が膨らんだ。

昔から、ライネリアはウルリヒの涙に弱い。

感情をほとんど表に出さない少年は、ライネリアが流行り病に罹って寝込んだ時に、こうやって泣いたことがあった。うつるからと言うのにライネリアのベッドから離れず、病が癒えた後も、夜中にライネリアが死ぬ夢を見たと言っては泣いた。

それが可愛くて、可哀そうで、ライネリアは自分の寝床に彼を引き入れ、細い身体を抱き締めて眠ったものだ。

「ウルリヒ……」

泣いている彼がどうにも愛しくて、ライネリアは腕を伸ばして彼を引き寄せた。自分の何倍も大きな身体がいとも容易くこちらに傾き、二人でベッドの上に倒れ込む。

するとすぐさまウルリヒの長くて太い腕が自分の背中に回され、縋《すが》りつくように抱き締められた。

「ライネリア……俺の、ライネリア様……！」

ライネリアはウルリヒの顔を見つめた。長い睫毛についた雫が、まるで宝石みたいに煌めいている。切なそうに繰り返される自分の名前に、胸が軋んだ。

自分を欲しいと言って泣く目の前の男に応えたいと思うこの気持ちは間違っているのだろうか。

（――間違っているに決まっている）

彼のことを想えば、自分に対する執着をこれ以上強くするような真似は慎むべきだ。

分かっている。分かっているのに、しがみつくようにして身体に巻き付く褐色の腕を、どうしても解けなかった。

（……間違っていても、いいか）

泣いて縋るウルリヒを、自分は振り払うことができない。それなら受け止めればいいのだ。

オイゲンとの結婚は建前だと言っていたから、貞操は求められていないはず。ならばそれをウルリヒに捧げたところで支障はないだろう。こうなれば、子を産めない身体であることが幸いなのかもしれないな、などという自虐的な皮肉まで浮かんで、さすがに自分に呆れた。

「……どうせ、間違ってばかりの人生だし」

今更間違いが一つ増えたところで、下される罰の重さはそう変わらないだろう。

ライネリアの独り言に、ウルリヒがピクリと身体を揺らして、ゆっくりと身を起こす。

肘をついて覆い被さる体勢になった彼の顔を両手で包み、ライネリアは微笑んだ。

「……泣くな、ばかもの」

小さく叱ると、ウルリヒは目を細めて口づけてきた。

それは重ねるだけはない、深い接吻だった。

歯列をこじ開けるようにして入り込んでくる舌を、口を開いて受け入れる。他人の舌の感触はどうにも奇妙だ。口の中に生き物が入り込んだような心地に眉根が寄ったが、それがウルリヒだと思うと自然と抵抗感は消えていった。

はじめはなんとなく触れ合うだけだった舌は、いつの間にか互いに擦りつけるように絡み合う。舌の付け根を弄られると、擽ったいのにゾクゾクする甘い慄きが走り、思わず首を竦めてしまった。その動きを捉えたのか、ウルリヒが吐息で笑ったのが分かり、ムッとして目を開けると、蕩けるような青色の瞳とぶつかった。

（うわ……）

見てはいけないものを見てしまった気分で、ライネリアは開けた瞼をバチリと閉じる。なんだろう、この熱した蜂蜜のような、蕩けた甘い表情は。

長年一緒に暮らしてきたが、こんな顔をしたウルリヒを見たのは初めてだ。

あの甘ったるい眼差しで自分を見ているのだと思うと、むず痒い感じがして、何故か顔がまた火照ってしまう。

「ライネリア様……可愛い」

「ひゃぁ！」

目を閉じていたら、今度は耳を犯されて小さく悲鳴を上げた。

耳の中に息を吹きかけるようにして囁かれ、思わず犬のように身震いをする。

「お、おまっ……！」

片手で耳を押さえて睨みつけると、ウルリヒが嬉しそうな顔で笑った。まるでプレゼントをもらった時の子どものような笑顔に、ライネリアは毒気を抜かれて口を噤む。生来の性質なのか、何があってもあまり表情の変わらないウルリヒは、子どもの頃にだってこんな笑顔を見せてくれたことはなかったのに。

戸惑うライネリアなどお構いなしに、ウルリヒが熱い手でドレスに包まれた身体を弄《まさぐ》り始める。大きな手は熱く、布を隔てていてもその体温を感じ取れてしまい、彼に触れられているのだと妙に実感させられ、心臓がバクバクと音を立て始めた。

触れられた場所に火を点けられているかのようだった。

ウルリヒの手がシーツと背中の間に滑り込む。ぷつり、という音がして、そこにびっしりと並ぶボタンを外しているのだと気づき、カッと顔に血が上った。赤い顔が更に赤くなっているのだろうと思うと居た堪れず、ライネリアは両腕で顔を隠す。

「ライネリア様？」

腕で顔を覆ったライネリアに、ウルリヒが心配そうに声をかけてきた。

「どうしたのですか？　どこか痛くしてしまいましたか？」

ライネリアは慌てて顔を隠したまま首を横に振る。何も痛いことなどされていない。ただ単に、どうしようもなく恥ずかしいと思っているだけだ。

「ウルリヒ。私は自分で服を脱ぐから」

脱がされるのが恥ずかしいのなら、自分で脱いでしまえばいいのである。

ついでに言えば、ウルリヒの衣服を脱がすのも、想像するだけで頭が煮える。なので、ポカンとした顔になっているウルリヒに、ビシッと人差し指を突き立てて指示を出した。

「だからお前も自分の服は自分で脱ぎなさい」

ウルリヒが無言になる。おそらく、こういう雰囲気になった男女の会話としては、規格外なのだろう。それは想像がつくが、逆に言えばライネリアが規格内に収まる類の人間でないことは、ウルリヒが一番よく分かっているはずだ。今更文句は言わせない。

短い沈黙の後、ウルリヒは小さく首を傾げた。

「……なるほど？」

一応納得したらしい。ライネリアはホッとして、ウルリヒの身体の下から這い出ようと身動《みじろ》ぎする。

「では、ちょっとそこから退いて――」

退かそうとして分厚い胸板を押した手は、ひょいと取られてベッドに押し付けられた。その流れで再び仰向けに押し倒されたライネリアは、目の前に迫るウルリヒの顔が、悪戯っぽく笑っているのを見て眉根を寄せる。

「ちょっと――」

「俺は自分で脱ぎますが、ライネリア様は無理でしょう？　ドレスの着脱を介助なしで行ったこと、ありませんものね？」

「――」

絶句した。そう言えばそうだった。ライネリアはドレスを自分一人で着たことがない。

貴族女性の着るドレスは、ペチコートやらドロワースやらコルセットやらと、鎧を着るのと同じくらい部品が多く、手間がかかるのだ。面倒臭いことが苦手なライネリアは皇女であった時もドレスを好まず、誰とも会わない時は楽に着られる男物の衣装ばかりを着ていた。父を退けると決めてからは、剣術を覚えたり、乗馬する時に女乗りをせず股を開いて乗ったりと、型破りなことばかりしていたので、最初は文句を言っていた周囲も呆れて何も言わなくなったのだ。父帝が面白がって好きにさせろと言ったのが一番大きな理由だろうが。

衣装をウルリヒが選ぶようになってからは、彼の好みでドレスを着せられることが多くなったが、着替えなどは全て彼任せにしてきたため、一人で脱いだことがない。

更にまずいことに、今着ているドレスは背中にびっしりとボタンがついているタイプのものだ。手の届く場所にボタンがあるものならばなんとかなっただろうが、これではもう破いて脱ぐという手段しか思いつかない。

「……や、破く……？」

「破かなくても、俺が脱がして差し上げますから大丈夫ですよ」

ウルリヒはニッコリと笑って請け合うと、その場でガバリと腕を動かして、自身のベストを脱ぎ捨てた。あっという間にシャツまで脱ぎ、鋼のような筋肉を惜しげもなく晒して、次にトラウザーズの留め金に手をかけたので仰天する。

「い、いきなり脱ぐな！」

思わず両手で目を覆って叱咤すると、面白がるような声がした。

「あなたが脱げと仰ったんでしょう？」

「そっ……それは、そうだけどっ……！」

よく考えてみれば、ウルリヒは毎日のようにライネリアの裸を見ていたから免疫があるのだろうが、こちらはウルリヒの裸を見たことなど、彼が少年だった頃の記憶で終わっているのだ。不公平にもほどがある。

「俺としては、ちゃんと見てほしいのですが」

「な、何故!?」

「もう子どもではないのだと理解していただきたいので」

「ばっ……こ、子どもだったらこんなに動揺しないわよ！」

目を覆ったまま叫ぶと、ウルリヒが嬉しそうにクスクスと笑う。

（く、くやしい……！）

完全に翻弄されている、と歯噛みしながら唸っていると、全てを脱ぎ終えたのか、ギシリとベッドのスプリングが軋んで、彼が自分に覆い被さって来るのが分かった。

「脱がせますよ」

ウルリヒの低い声が頭上から降ってきた。彼が今全裸だと思うと内心怯んでしまったが、そもそも自分が言い出したことだ。

「うつ伏せに」

ウルリヒが短く言った。心なしか、緊張しているかのような声音だった。その緊張が伝染したみたいに、ライネリアの身体にも力が籠もる。だがここで止まっていては先には進めないと、ライネリアは小さく息を吐いてから、もぞりと動いてうつ伏せになった。

　ごくり、とウルリヒが唾を呑む音が聞こえて、頭の中が沸騰しそうになる。だが今彼を拒んではいけないと、本能が告げていた。腹を空かせた猛獣を前にした草食動物になった気分だ。

　ぷつり、ぷつり、とウルリヒが背中のボタンを外し始めた。

　このボタンはいくつあっただろうか、と彼の動きを数えていく。

　十を数えてもまだ終わらず、ボタンの位置がどんどんと下がっていく。

「……まだ？」

　ウルリヒの指を背中に感じる度、ビクリと身体を揺らしそうになるのを必死で堪えつつ、ライネリアは呻き声で訊ねた。もう勘弁してほしい、と心の中で思う。剣を持って強敵と対峙した時でも、今ほど緊張はしなかった。

「……もう、少し」

　答えるウルリヒの声が、掠れている。その掠れた声に、身体の内側を引っ掻かれているような、堪らない気分にさせられた。

　ぷつり、と腰の付近でボタンが外された音がする。

　そこまでくれば終わりだ、と息を吐き出した瞬間、シュルリと何かが緩んだ。

「コルセット、外しますね」

　ボタンを外し終えて、その中が暴かれたのだ。

（そ、それは、そうだわ……。裸にされているところなんだから……！）

　ドレスのボタンが外されれば、次はコルセット、そしてスカートを剝がされて、シュミーズとドロワースを剝《む》かねばならない。まだまだ工程は残っている。

「お、遅い！　もっと早くしてくれ……！」

　この緊張感から早く解き放ってほしくてそう懇願すると、ウルリヒが困ったような声で「申し訳ありませんが」と前置きをした。

「ようやくいただけたプレゼントなんです。包み紙を開くのも俺の特権なんですから、楽しませてください」

　ライネリアは突っ伏したまま絶句する。なんと答えればいいか見当がつかない。きっともう全身が真っ赤になっているだろう。

　要するにこの男は、ライネリアのことをプレゼントだと言っているのだ。

（何を言っているんだ、この男は……）

　羞恥に悶絶しているライネリアを他所に、ウルリヒはたいそう丹念にライネリアの着ている物を一枚一枚剝いていく。

　ドレスの上着とスカートを脱がせると、緩んだ革のコルセットを外し、それらを纏めてベッドの下へ放り投げた。コットンのシュミーズとドロワースを、剣ダコのある指が器用に剝がしていくのを横目で見ながら、もういっそ気を失えたら楽だったのに、とさえ思ってしまう。

　とうとうドロワースも脱がされ、素っ裸にされたライネリアは、肩を押されてグルリと仰向けに返された。

目に飛び込んできたのは、筋肉の張った褐色の肌だ。

生まれたままの姿のウルリヒが、うっとりとした表情でライネリアの全身に視線を這わせていた。

「……きれいです、ライネリア様」

「～～やめて……」

ライネリアはエビのように身を丸めて両手で顔を覆った。

もう耐えられない。このままでは恥ずかしさで頭が爆発してしまいそうだ。ライネリアがこんなに悶え苦しんでいるというのに、ウルリヒは更に追い打ちをかけてくる。

「どうしてですか。こんなにも美しいのに……」

「やめてくれ……」

後生、と必死で懇願していると、スルリ、と下腹部を撫でられた。

「あっ……」

ライネリアは思わず声を上げる。そこは大きな傷痕が残っている場所だ。父帝を殺した後、気が緩んだところを近衛騎士に刺されたのだ。一命は取り留めたものの、これが原因で発熱し一時は意識不明に陥り、目覚めた時には一週間が経過していた。

その後医者から子は望めないと言われたが、悲しみより先に「これは罰の一つなのだろう」と思ったのを覚えている。親を殺した者が、子を望むなど烏滸がましいだろうから。

八年経った今でも、赤黒く膨れ、生々しい痕となっているそれを、ウルリヒの乾いた指先が何度も撫でている。その仕草が、自分が流行り病に罹った時、泣きながら手を撫でさすってくれた少年のものと重なって、ライネリアは苦い笑みを浮かべた。

「醜いだろう？　私の身体は、こういう痕でいっぱいだ」

これは自分の罪の証だ。いや、この身体の傷痕以上の数を、この手で屠《ほふ》ってきた。

ライネリアはウルリヒの手をそっと退け、傷痕を自分の腕で隠した。醜いこの身体に、ウルリヒが同情を抱いても仕方ない。分かっていても、そう思われることが辛かった。

だがウルリヒは、ライネリアの手首を摑んで退かすと、身を屈めてその傷痕に吸い付いた。温かく濡れた感触に、ライネリアはビクリと背を反らす。

「ウ、ウルリヒ!?」

「醜くなんかない。美しいと言っているでしょう？　あなたの身体はどこもかしこも美しい。この傷痕だって、白い肌に散った薔薇の花弁のようだ」

語気荒く言って、ウルリヒはライネリアの身体のあちこちに吸い付いた。見えないけれど、おそらく傷痕のある場所全てに口づけているのだろう。

「わ、分かった……！　分かった、ウルリヒ！　分かったから、もうやめて！」

擽ったさに身を捩り、降参だと頭を押し退けようとするが、それに腹を立てたのか、ウルリヒがライネリアの肩にカプリと歯を当てる。

「いっ、こ、こら！」

本当は大して痛くはなかったが、歯が皮膚に食い込む感触に慣れず、つい叱るような声音を出すと、ウルリヒに顎を摑まれて引き寄せられた。首を後ろに捩った体勢で唇を奪われて、苦しさに眉根が寄る。

「ん……う」

食べられるような接吻だった。ウルリヒの口の中は熱く、その熱で唇が溶かされてしまいそうだ。苦しい体勢のせいか、呼吸がしづらい。ぼうっとなりかけた頭で、ライネリアはウルリヒの顎を摑んだ。

「わ、分かったから、ウルリヒ……」

とりあえず接吻を中断してほしいという意味で言ったのだが、ウルリヒはそう捉えなかったらしい。青い目でジロリと睨み下ろされる。

「何も分かっていない。あなたは美しい」

「…………そ、そう」

それはどうも、とごにょごにょと呟いておく。困った。こういう時、どう答えるのが正解なのか、本当に分からない。生返事に、ウルリヒは小さく舌打ちをしたかと思うと、ライネリアの両脇に手を差し込んでヒョイと身体を持ち上げた。

「うわっ」

ライネリアは一般的な女性よりも身長が高く、筋肉質なので体重も重い。その自分をまるで赤ん坊のように軽々と持ち上げてしまうウルリヒの逞しさに、改めて驚かされた。丸太のような筋肉は伊達ではない。ウルリヒは自分と向かい合わせになるようにライネリアをベッドに下ろすと、ジトリと睨み下ろす。

「分かっていない。俺はあなたを愛しているんです。あなたの全てを。分かりませんか？」

「え、えっと……」

自分は色恋沙汰にはとんと疎いから、とどこか投げやりな気持ちで愛の告白を受け流しかけていると、大きな手が伸びてきて、ガッと両手で顔を掴まれる。

「うっ……」

反射的に自分の顔を掴む彼の手首を握った。ウルリヒに乱暴されるとは思わないが、それでも力に対しては力で対抗しようと身体が反応してしまうのだ。

こちらを食い入るように見つめる恐ろしいほど真剣な眼差しに、ライネリアはごくりと喉を鳴らした。殴られるのは怖くない。殴り返せばいいからだ。だが愛を告げられるのが、こんなにも恐怖を感じるものだなんて知らなかった。

「あなたが人を殺していることも知っている。信念を貫くために父親を殺し、その結果、母親や兄弟たちを含めた一族郎党を皆殺しにして、自分だけ生き残ったことも。あなたの身体には人を虐げ続けてきた皇族の忌まわしい血が流れている。その証拠に、あなたもまた、己の我欲《がよく》のために肉親を殺した。本当は信念すら、私怨の言い訳だ。そうですね？」

息を止めた。痛烈な指摘だった。痛烈だが、紛れもない真実だ。

自分でもそう思っている。

だが、こうして他者から——ほかでもないウルリヒからそれを指摘され、ライネリアは自分でも驚くほどの痛手を受けていた。

けれどすぐに、これは自分が受けなくてはならないものだとも思った。本来ならば皆にそう罵倒され石を投げられて当然なのだから。痛いなどと弱音を吐く権利など、自分にはない。軋む心を奮い立たせ、こちらを見る青い瞳をまっすぐに見返す。

「そうよ」

「あなたは英雄ではない。罪人だ」

ライネリアは一度瞑目した。

「その通りだ」

「俺が愛しているのは、そのあなただ」

ライネリアの返事に被せるようにして、ウルリヒが言う。

「——え？」

何を言わんとしているのかが分からず、ライネリアは目をパチパチと瞬いた。

すると彼は、言い含めるようにゆっくりと同じ言葉を繰り返す。

「俺が愛しているのはあなただ。英雄と呼ばれていようが、罪人と呼ばれていようが、そんなことはどうでもいい。俺にとって、あなたはあなたでしかないから。あなたが罪を犯したというなら、その罪ごと、俺はあなたを愛します。丸ごとのあなたが欲しいんです。だから、ください」

「——は……」

カクリ、と音を立てて身体の力が抜けていった。

「は、はは……、ははは……」

力のない笑いが漏れて、ライネリアはパタリと手をシーツの上に落とす。

ウルリヒはばかだ。この罪ごと愛する、なんて。

それこそ、ライネリアが最も彼にさせたくないことだというのに。

（それなのに、どうして私はこんなにも嬉しいんだろう……）

ウルリヒは自分を『英雄』として神聖視しているのだと思っていた。

だが、違った。彼はライネリアが英雄などではなく、自分のために親兄弟を殺した愚かな罪人だと理解していた。

その上で、ライネリアを愛していると言う。

「ばかものだわ……」

今度は声にして言って、ウルリヒを見上げた。秀麗な美貌に捨て犬のような表情を浮かべて、彼はこちらを見ている。褐色の肌理の細かい頬は、未だ涙に濡れていた。

「お前、本当にばかね」

繰り返すと、ウルリヒはムッと唇を曲げたが、ライネリアが微笑んでいることに気づいてわずかに目を見張る。

「……ライネリア様？」

不思議そうな青い瞳の中に、泣きそうな顔で微笑む自分の顔があった。

「そこまで言うなら、私の貞操はお前に捧げる。私はこの先も、お前以外にこの身を許さないと誓うわ。私の生涯で、私の男はお前だけよ、ウルリヒ」

こんな醜悪な罪に塗れた自分を欲してくれるというなら、女としての自分を渡してしまってもいいと思った。

（……ほかに、私にあげられるものなどないから）

ウルリヒを愛しいと思う。小さい頃から見つめてきた、可愛い、愛しい、養い子だ。

家族に対する愛情だと思ってきた。だがきっと、肌と肌が触れ合うこの状況で彼を愛しいと感じるのだから、異性としての愛情でもあるのだ。

（きっと、ウルリヒと同じだ）

自分も、ウルリヒを丸ごと愛しているのだ。

ライネリアの台詞に、ウルリヒはポカンと口を開けて固まった。その表情がまた可愛く見えて、ライネリアはふっと笑う。

「お前は可愛いわね」

その言葉が気に食わなかったのか、ウルリヒが眦を吊り上げる。

「またそうやって子ども扱いを……」

「ばか。子どもだと思っていたら、こんなことは言えないでしょう」

ピタリ、と動きを止めたウルリヒが窺うような眼差しを向けてきたのは、ほんの一瞬だった。海色の目はすぐに獲物を狙う猛獣の目つきになり、ライネリアを睨み下ろす。

「言質を取りましたからね」

「うん？」

「もう、絶対に、何があってもやめませんよ」

念を押されて、ライネリアは微笑んで頷いた。

「そうしてちょうだい」

言葉通り、ウルリヒの勢いは止まらなかった。

貪るような接吻をしてきたかと思うと、同時に手でライネリアの身体を弄り始める。

大きな手が自分の身体を這い回る感覚は、子どもの頃、マレルナとやった擽り合う遊びを思わせたが、でも確実にそれとは異なる。ウルリヒの手は明確な意図を持って動いた。ライネリアの身体の隅々まで、どこに触れれば彼女が反応するのかを試している。ウルリヒの指は耳に触れられたライネリアがビクリとすると、そこを執拗に擽られる。

熱く、触れられるだけでそこが火傷したかのようにビリビリした。

それだけでは飽き足らず、ウルリヒは接吻を中断して耳介を舐め始める。

「んぁっ……！」

耳介に歯を当てられて、ライネリアは背を反らせて声を上げた。与えられる刺激は強すぎて、身体の中に火を放たれたようだ。熱くて、もどかしくて、とてもじっとはしていられない。

「ああ、その声……もっと聴かせてください……」

耳の中に息を吹きかけられるようにして囁かれる。艶やかな甘い声に脳髄を直撃されて、ライネリアはブルリと身を震わせた。

「はっ……」

吐き出す息が熱い。ウルリヒの手が鎖骨を滑り下り、乳房を掴んだ。その手が熱くて、自分の乳房が冷たくさえ感じてしまう。

「……柔らかい……」

耳元でため息のようにウルリヒが言った。どことなく嬉しそうな呟きに、彼が喜んでくれているなら良かった、と思う。

（……そうか、私の身体の中にも、まだ柔《やわ》い場所があったのか）

そんな感想を抱いて、他ならぬ自分が一番、己を女性扱いしてこなかったのだなと気づかされた。父を殺すためだけに鍛え続けてきた、殺人のための身体だ。大願を果たした後は、いつか来るであろう復讐者に備えて、鍛えるのをやめられない。人を傷つけるためだけに、鋭く研ぎ澄まされているこの身は、ただ硬いだけのものだと思い込んでいた。

「……あっ」

小さく声が出て、ピクリと肩が揺れる。胸に強い刺激があったのだ。何事かと視線を下げれば、ウルリヒの指が胸の尖りを弄っていた。浅黒い指が自分のうす紅色の尖りを抓んでいる様は、妙に生々しく淫靡に見えて、ライネリアは息を呑んだ。

「……っ」

咄嗟に目を逸らしたけれど、愛撫の快感からは逃れられない。胸の先を捏ね回されて、じんじんとした甘い痺れに、自然と腰がくねった。

「ああ、硬くなってきましたね」

ウルリヒが言った。まるで悪戯が成功した悪童のような声だ。

憎たらしい、と思ったが、それ以上に彼に触れられる快感の方が強く、反論さえできない。身体の中に溜まった熱をやり過ごそうと、息を吐き出したライネリアは、弄られていた胸の尖りを舐められて悲鳴を上げる。

「ひぁ！　な、何を……！」

敏感な場所を熱く濡れた粘膜が包み込んだ。それだけでも強すぎる刺激なのに、ウルリヒは更に舌を使って扱いたり、転がしたりし始める。

「ぁっ!?　ん、ぁっ……や、やめ、ウルリヒっ……！」

乳首を弄られる度、そこから強い愉悦が走って脳を痺れさせ、目の前がチカチカした。

ウルリヒはライネリアの顔に視線をピタリと当てたまま、赤子のように胸にむしゃぶりついている。今の自分を見られていることが恥ずかしいのに、目の前の光景から目が離せない。

乳首を舌で弄るだけだったウルリヒが、見せつけるように口を開いた。白い歯列の奥に生き物のように蠢く舌があり、その上に自分の乳首がのっている。うす紅色の乳輪がウルリヒの唾液に塗れてテラテラと光っていて、ライネリアは奥歯を噛んだ。たとえようのない衝動が込み上げてきて、それを堪えなくてはならなかったからだ。

羞恥や衝動に耐えるライネリアの顔をたっぷりと観察すると、ウルリヒは満足そうに目を細めて、それからおもむろに乳首に歯を当てる。

「――いっ……」

痛い、と叫びかけて、痛みでない快感が胸の先に走って目を見開いた。

「んっ！」

経験したことのない甘い感覚に、噛んだ歯の隙間から嬌声が漏れ出る。

身の内の熱を逃すために、は、と息を零していると、そんなライネリアをウルリヒが嬉しそうに眺めていた。

「可愛いですね、ライネリア様」

先ほどの仕返しか、とジロリと睨んだが、ウルリヒがうっとりとした口調で続けるので、言おうとした文句を忘れてしまう。

「夢みたいだ」

きっと少し前のライネリアなら信じなかっただろう。毎日顔を突き合わせて、丁々発止のやり取りをしていた生意気なウルリヒが、『夢みたいだ』と言うほど自分を想ってくれていたなんて。

（不思議なものね）

こうして裸で向き合っている事実に自分でも驚いているけれど、それに対する嫌悪感はまったくない。恥ずかしさはもちろん消えないが、自分に触れるウルリヒの手も唇も心地好い。

――もっと欲しいと思うほどに。

ライネリアはねだるように金色の髪へ手を伸ばした。頭を撫でられたウルリヒは一瞬動きを止め、ライネリアの手に顔を擦りつけるようにした後、まだ手付かずだったもう片方の乳房にかぶりつく。

「――んっ……！」

どうやら胸がお気に召したらしい。片方をしゃぶられながら、もう片方を指で捏ねられて、胸の先から走る痺れにライネリアは腰をくねらせた。身体の感覚が鋭敏になっていて、ウルリヒに触られる度に、全身の細胞が震えてしまう。触られた場所の血が熱くなり、その熱がどんどんと下腹部に溜まっていって、弾け飛んでしまいそうだ。

「ライネリア様……」

ウルリヒは掠れた声で名を呼んで、ゆらりと上体を起こした。大柄な身はこうして見上げれば壁のようだ。盛り上がった胸筋や、ボコボコと隆起した腹筋は、ライネリアがいくら努力しても得られないものでもある。

ウルリヒがライネリアの片脚を持ち上げて、膝の裏に口づける。

この間も足を舐められたからもう驚かなかったが、それでもやはり居心地の悪さは否めない。おまけに今は丸裸だ。脚を開けばおのずと見えてしまうことが気になって、つい抵抗してしまった。

「……ライネリア様。もうやめないと言ったはずですが」

脚を閉じようと力を込めたことに、ウルリヒが低い唸り声を上げる。

「わ、分かっているわ」

「分かっているなら、無駄な抵抗はしないでください」

「怖いことを言わないでちょうだい」

なんだ、無駄な抵抗って。

「俺の理性の箍が外れます」

「だから怖いことを言わないでってば！」

この筋肉ムキムキの猛獣のような大男が理性を失ったら、さすがのライネリアでも制御不能である。

ライネリアは深呼吸をして、四肢の力を抜いて目を閉じた。まさに今から猛獣に食われんとするネズミの気分だった。猛獣の方は得物が抵抗をやめたことが嬉しいのか、いそいそと先ほどの続きに取り掛かる。ライネリアの膝の裏を舐め、柔らかな内腿へと移動すると、あちこちに吸い付いたり噛んだりする。

「……っ、ん、……ぁ、っ……」

ライネリアは声を殺すのに必死になった。

太腿がこんなにも敏感な場所とは知らなかった。自分の身体だというのに、知らなかった事実が多すぎて、本当に自分の身体なのかこれはと言いたくなる。

愛撫はどんどんと脚の付け根へと下りていく。

そこに辿り着くと、ウルリヒは一度動きを止めた。見られているのだと肌で感じて、また狼狽える。今日は何度狼狽えればいいのだろう。

ライネリアとていい歳の大人だ。未経験とはいえ、性行為の具体的な内容くらいは知っている。だからそこをウルリヒに見られるのは致し方ないことだと理解はしている。してはいるが、やはり恥ずかしさは拭えない。

訳もなく罵りたくなる衝動をグッと堪え、ひたすらじっとしていると、ウルリヒの指が優しく恥毛を撫でた。

「……っ」

何か堪え切れない恥ずかしさが込み上げてきて、上体を起こそうとしたライネリアは、次の瞬間、身を強張らせる。

「ウルッ……！」

ウルリヒがそこに口を付けたのだ。なんとなく流れから予想はしていた。なにしろ足の指を舐める男だ。だが、まさか本当にそこを舐めるとは。

ぬとり、と温かい感触が入り口を這う。ライネリアの頭の中は真っ白になった。入り口を舐められた。入り口と言うが、どちらかと言うと出口だ。排泄をする場所でもあり、経血が出てくる場所でもある。やはり出口だ。間違いない。

「ウルリヒ、やめ、やめてっ……！　汚いから！」

悲鳴のような声を上げてもがくが、ウルリヒの太い両腕に脚を抱えられていてままならない。というか渾身の力を込めても下半身がまったく動かせない。なんだこれは。拘束具なのか。ライネリアの渾身の力を顔色一つ変えずに押さえ込んでいる化け物は、サラリとした口調で答えた。

「汚いからどうだと言うのです」

いやそこは嘘でも「汚くない」と言うべきなのではないか。だが自分の言葉を肯定された上で「だからどうした」と言われてしまえば、それ以上何が言えようか。

「……いやあの、汚いから……」

「少し黙ってくれますか？」

それでも通そうとした理屈をため息で一蹴されて、やや呆然としてしまう。

ライネリアがようやく口を噤むと、ウルリヒが改めて入り口を舐め始めた。

「……っ！　ふ、ぅ……！」

肉の花弁の形を辿るようにねっとりと舐め上げられた後、尖らせた舌がその奥の粘膜に潜り込むようにして入ってくる。違和感を伴う奇妙な感触に、ライネリアは顔を顰めた。

今日ほど人の舌の感触を身体のあちこちで感じた日はなかった。

（こ、こんなに舐めるものなの!?）

比較しようにも他を知らないのでなんとも言えないが、普通でない気がしてならない。だが「これは普通なの？」とウルリヒに訊くのもなんだか悔しい。

「う、ぁっ!?」

ぐるぐると考えていると、割れ目の上の突起を撫でられて、甲高い声が出た。これまでの愛撫の中で最も分かりやすい快感に、ライネリアは目を見開く。

その反応に、ウルリヒが気づかないはずがない。

「ここがいいんですね」

玩具を見つけた子どものような声で言って、執拗にそこを攻め始める。

舌先で捏ね繰り回したかと思うと、唇を使って柔らかく食んだりと、捕まえた小鳥を甚《いた》振《ぶ》る猫のように弄り倒された。

「ひぁ！」

「ああ、膨れ上がってきた。……なるほど、勃《た》つと包皮から顔を出すのか。小さいけれど男の一物と同じなんですね。……ああ、ちゃんと感じてくれているようだ。こんなに蜜が溢れてきて……嬉しいな」

「あっ、ん、ん……ぅ、〜〜ぁあっ、ひ、ぃ！」

弄る側は嬉々として大変楽しそうだが、弄られる側は堪ったものではない。

ジンジンとした快感に心臓と下腹部を炙られているみたいだ。血が沸騰したように熱く、この熱をなんとかしたいのに、その方法が分からない。これ以上快感を得たくないのに、思いとは逆に、ライネリアの身体はもっと快楽を得ようとより敏感になっていく。

「ああ、零れてしまう、もったいない……」

ウルリヒがそう呟いて、割れ目から漏れ出る粘液をベロリと舐め取る。その動きでウルリヒの前歯が陰核を掠め、硬い刺激にライネリアの身体の中に溜まっていた快楽の熾火《おきび》が爆発した。

「い、ぁっ……！」

バチバチ、と目の裏に白い光が瞬き、ライネリアは腰を浮かせて四肢を引き攣らせる。

鮮烈だった愉悦は、あっという間に霧散した。その名残の甘い気怠さで、ライネリアは投げ出すように手足の力を抜く。どこか眠気に似たその気怠さが全身に散らばっていくのを感じていると、ウルリヒが脱力したライネリアの顔に口づけを降らせながら、蜜口に指を宛てがった。

「……ウルリヒ？」

絶頂の余韻で上手く働かない頭で、何をしているんだろうとぼんやりと思っていると、少し緊張した声でウルリヒに宣言された。

「指を挿《い》れます。まずは一本から」

え、と思った瞬間、にゅるりと長いものが自分の内側に入り込んでくる。

「んぁっ」

はからずも嬌声が出てしまったが、もう今更過ぎて恥ずかしさは感じなかった。

「ああ、一度達してくださったから、膣内《ナカ》が濡れていて、無理なく入りました。ありがとうございます」

「………どう、いたしまして？」

お礼を言われるような話なのだろうか。語尾が疑問形になったのは仕方ないことだろう。

「ああ、濡れているからか、さっきよりもずっと柔らかくなっていますよ」

中に入れた指を動かしながら、ウルリヒが嬉しそうに感想を述べてくるが、ライネリアの方はそれどころではない。

達したばかりで敏感になっているせいか、硬い指で蜜襞を引っ掻くように擦られると、身体の熱がぶり返してきてしまった。男性を直接受け入れる場所だからか、与えられる快感は酷く生々しい。

これまで意識したことのない身体の奥が、とろとろと溶け出してしまうような感覚だった。ウルリヒの指が動く度に、奥から淫液が溢れ出てきて、酷く淫靡な音を立てる。

ごくり、とウルリヒが唾を呑む音が聞こえてきた。

「……指を増やしますね」

ウルリヒがまた宣言する。その声は少し掠れていた。

「……う、んっ……」

長い指がもう一本入り込んでくる。今度は入り口に少し突っ張るような感じがあって、ライネリアは眉根を寄せた。だが身体は精神よりも柔軟なのか、違和感はすぐになくなる。

それよりも二本の指が膣内で蠢く感覚の方に気を取られた。

二本になると動きに変化をつけられるからか、一本の時よりもずっとその存在感がハッキリとする。バラバラと交互に前後し、蜜筒の中を押し広げるような動きをされて、ライネリアは熱い息を吐いた。気持ち好いのか悪いのか、自分でもよく分からない。ただ、身体の熱がどんどんと上がっている感覚だけは分かった。

「もう少し解せば、俺のものも受け入れられそうですね」

膣内を弄りながら、ウルリヒが心からホッとしたような声で言ったので、ライネリアはなんとなく視線を下げる。

（そうか……。私のここに、ウルリヒの男根が入るのよね……）

指が二本入っている今でも結構な圧迫感があるのに、まだ解さなければいけないのか、と不安になって、無意識にウルリヒのものを確認しようとしたのかもしれない。

そして悲鳴をあげた。

「ひぃっ！」

「どうしたんですか⁉」

悲鳴に驚いたのか、ウルリヒが険しい顔でライネリアを見る。

ライネリアは顔を真っ青にして下を指さした。

「おおおおおお前！　なななななんだその、化け物のような大きいのは‼」

ライネリアの指の先に視線を向けたウルリヒは、そこに天を向いて隆々と聳《そび》え立つ己の一物を確認してはにかんだ。

「ありがとうございます」

「褒めてない！」

ライネリアは切って捨てるように否定する。恐れ慄く自分の姿が見えていないのか、この頓珍漢《とんちんかん》。

「そ、そんなもの、入るわけないでしょう！　物理的に無理だわ！」

ライネリアは叫びながら、ウルリヒの股間を凝視した。

幹が長く太く、笠が張り出した形は昔森で見た茸《きのこ》にそっくりだ。だがあの茸は物言わぬ植物のようなものでしかなかったが、この赤黒いものはどう考えても動物だ。幹に太い血管が数本浮き出ていて、笠の部分には涎《よだれ》のような透明な水滴が浮かんでいる。何か未知の生物で、今にも勝手に動き出しそうだった。その証拠に、ライネリアの声に合わせるようにピクンピクンと揺れている。

こんな凶暴そうで凶悪な生き物を、誰が好き好んで自分の身体の中に入れると言うのか。

「私はお前の指だけでもいっぱいいっぱいなのに、そ、そんな大きいもの、壊れるに決まっているでしょう！」

ウルリヒのそれは、彼の指三本分よりも大きいように見える。

大きいし、謎の生物だし、これは無理だ。裂ける。

その結論を必死に伝えたつもりだったのに、ウルリヒはにっこりと笑顔で頷いた。

「大丈夫ですよ。俺のは一般的な大きさですから」

衝撃の事実に、ライネリアは仰天した。

「え!?　そ、そうなの!?」

「ええ」

なんてことだろう。こんなものが世の大半の男子についているなんて。

「そもそも、女性はここから赤ん坊を産むわけですから」

「あっ……!?　そ、そうか！」

確かに、この生物の笠は大きく見えるが、その直径は赤ん坊の頭ほどではない。納得のいく説明に感心していると、ウルリヒが微笑みを浮かべたまま続けた。

「女性の身体は、これくらいの大きさのものは受け入れられるようにできているのです。ご心配なく」

「なるほど！」

すっかり安心したライネリアの手を取って、ウルリヒがその甲に口づける。

「……もう、心配はありませんか？」

「大丈夫！」

上目遣いの問いに、ライネリアはさすがに申し訳なくなって、慌てて笑顔で答えた。

「もうやめない」と言われたくせに何度も中断させてしまって、さぞやもどかしく思っていることだろう。

ウルリヒはにこやかに「良かった」と答えた後、流れるような動きでライネリアの両膝を自分の肘に引っかけた。あっという間に股関節を大きく開かされ蛙のような体勢にさせられたライネリアは、股間の中心に熱くて硬いものを押し当てられてギクリとなる。

これはもしかしなくても、例の生物だろう。

今から入れ込んでやるぞという意気込みを感じられる動きに、ライネリアは冷や汗をかいてしまう。

「えっ……も、もう!?」

先ほどもう少し解す的なことを言っていた気がするのだが、気のせいだっただろうか。

焦るライネリアに、ウルリヒが笑顔を消して言った。

「これ以上あなたの『待った』に付き合っていたら、夜が明けてしまいますから」

「う……」

その通りだと思うので何も言い返せない。

「それに、俺ももう限界なので。愛する女を裸に剝いてベッドにいるのに、なかなか先に進めない。蛇の生殺しはもう十分です」

どうやら想像以上に我慢を強いていたらしい。真顔でつらつらと嫌味を言った後、ウルリヒは腰を揺すった。

「……っ、ぇ、ぁ……!?」

挿入される、と身構えていたライネリアは、熱杭を割れ目に沿って前後に擦られて、目を瞬く。

（入れない……のか？）

驚いてウルリヒを見上げたが、彼は真剣な顔のまま擦りつけている部分を見つめていた。

（あ……なるほど、私の体液をアレに纏わせているのか）

女性の身体から分泌される粘液が潤滑油の働きをするらしいと知ってはいたので、これまた納得して力を抜いたライネリアは、唐突に強い快感に襲われて悲鳴を上げる。

「あぁっ！」

ウルリヒの昂りの切っ先がライネリアの陰核を擦ったのだ。愛液を纏ったウルリヒの熱杭は、見た目よりもつるりとした感触だった。絶妙な力加減で小刻みな間隔で擦り続けられて、ライネリアの内側に快感の熱が急速に溜まり始める。

「ぁ、ぁあ、ん、ぁ、ああ」

また絶頂の波が来る気配に目を閉じた。こうなると快感を追うことに集中してしまうようで、勝手に身体のあちこちが動いてしまうのだ。

ウルリヒの熱杭が自分の愛液を掻き混ぜて立つ水音が、段々と粘着質になっていく。それに合わせるように、ライネリアの内側で快感の火の玉が熱く凝っていった。

愉悦の予感に背中を反らせたライネリアは、不意にウルリヒが動きを止めたので、目を開ける。絶頂まで飛べると期待していた身体は、熱を持て余して苦しいほどだ。

「ウ、ウルリヒ……！」

ライネリアは懇願するような声で名を呼んだ。

普段ならこんなに甘えた声を出すなんて、絶対にできない。だが今は肉欲が理性を上回ってしまっていて、恥ずかしさなどまったく感じなかった。

ライネリアの声に、ウルリヒが「クッ……！」と何かに耐えるような呻きを上げる。

「ウルリヒ……？」

ライネリアは養い子に弱い。彼が弱ったような素振りを見せたり、苦しそうな声を上げるだけで心配で堪らなくなるのだ。彼の頬に触れようと伸ばした手を、ウルリヒが掴んだ。それを顔の横のシーツに押し当てられて、噛みつくような接吻をされる。

「んっ……んうっ!?」

入り口を滑るだけだった熱塊の切っ先が、ぐぷりと蜜口に嵌まり込んだ。

確実に内側を狙う角度で押し込まれ、圧迫感にライネリアは息を止める。

無理だ、と思う。これは無理だ。どう考えても、大きさが合わない。短剣の鞘に長剣を収めようとしているようなものだ。

舌を吸っていたウルリヒが彼女の強張りに気づいて、熱い呼気を吐き出して言った。

「息をしてください」

（い、息……）

指示されて、ライネリアは自分が息を止めていることに気づく。

「む……」

これは無理だ、と告げようと開いた口を、またウルリヒに塞がれた。

（い、息をしろと言ったくせに！）

これではは息ができないじゃないか、と思った次の瞬間、身体の真ん中を衝撃のような痛みに貫かれる。

「うぅッ!!」

口を塞がれたまま、ライネリアは四肢を突っ張った状態で全身を硬直させた。なんだこれは、とライネリアは頭のどこか裏側で自問する。腹を刺された時ですら、もっと分かりやすい痛みだった。名状しがたい痛みに、全身から冷たい汗が溢れ出す。

（……これが、破瓜の痛みか）

痛いだけではない。股の間にもの凄い圧迫を感じる。当たり前だがウルリヒの陰茎がそこに突き刺さっているせいだが、突き刺さっていると言うよりは衝突してめり込んだといった感じに近い。完全に事故である。人生で一度しか経験できない痛みだが、これが二度も三度もあったら堪ったものではない。一回で済んで万歳だ。

言葉もなく身体を引き攣らせているライネリアに、いつの間にか唇を離したウルリヒが申し訳なさそうに言った。

「……すみません。痛かったですか？」

痛いなんてものではない、と詰りたかったが、いかんせんまだ身体が言うことを聞かない。唯一自由になる眼球を動かしてギロリと睨めば、ウルリヒが眉を顰めて歯を食い縛っているので驚いた。何故お前が怒っているんだ。

「なるべく素早く終わらせた方がいいかと思ったのですが……」

口調は優しいのに、表情は硬く険しいからどうにもちぐはぐだ。それが何かを堪えているかのように見えて、ライネリアはハッとなった。

「もしかして……お前も、痛いの？」

破瓜の際、男性にも痛みが伴うのだろうか。そんな話は聞いたことがなかったが、先ほどの強烈な痛みを思えば、あり得ないことではない。肉体同士が物理的に接している以上、攻撃は、された方のみならず、した方にもその力が返って来るのは自明の理だ。

だが心配されたウルリヒは、青い瞳を見開いて、困ったように笑った。

「俺は痛くありません」

「嘘ばっかり。痛そうな顔をしているじゃない」

ライネリアは騙されないぞと言い募る。この養い子が我慢強くて強がりなことは、自分が一番よく知っているつもりだ。

だがウルリヒはふっと苦い笑みを吐き出すと、ライネリアの額に啄むような接吻を落とした。大きな手でライネリアのこめかみの髪を撫で、こつりと額と額を合わせる。

「……温かいんです、あなたの中」

「……え？」

顔がぼやけて見える距離でポツリと呟かれ、ライネリアは訊き返す。単純に、何を言われたのか理解できなかったのだ。

そんなライネリアに、ウルリヒが少し意地悪そうな笑みになる。

「……だから、あなたの中が、温かくて」

「……？　……あっ」

ここでようやく、彼が言わんとする内容を理解したライネリアはカッと顔を赤らめた。

ウルリヒの笑みが完全に意地悪なものに変化したのは言うまでもない。

「濡れていて、よすぎるんです。気を抜けば持っていかれそうなくらいに。だから、少し、このままじっとしていてください」

「…………わ、かった……」

それ以外にライネリアに何が言えただろう。

ぼやけていてウルリヒの顔を見ることができず、彼の鎖骨の辺りに視線を彷徨わせた。ウルリヒが妙なことを言うから、彼と繋がっている接合部に意識がいって、中にいる彼の存在を余計に感じ取ってしまう。

破瓜の痛みは、最初の落雷のような鮮烈さは消え、じんとした鈍い痺れに変わり始めていた。痛みが和らいだせいか身体の硬直も解けつつあり、先ほどまでぎちぎちだった入り口に余裕が生まれている。

意識がそこにいったせいか、不随意に自分の蜜襞が蠢いた。

「……っ」

ウルリヒが軽く息を呑むのが聞こえ、自分の内側の蠕動に呼応するように熱塊がピクリと動く。それが不思議で、ライネリアは片手で自分の下腹を撫でてみる。

「……中に、お前がいるのね、本当に」

妙にしみじみとした気分になって呟けば、ウルリヒの唸り声が聞こえて驚いた。

「ど、どうしたの？」

「あなたという人は……！　童貞が必死で我慢しているというのに……！」

「どっ……やっぱり、お前も童貞だったの……」

なんとなくそうではないかと思っていたが、本人の口から聞くとなかなか衝撃的である。

ライネリアの驚いた顔に、ウルリヒは片方の眉を上げた。

「あなたが処女なんですから、俺が童貞なのは当たり前でしょう？」

「いやなんで当たり前なのよ」

自分はともかく、彼には経験する機会が山のようにあったはずだが。ライネリアの疑問を曲解したのか、ウルリヒがピクリと眉を動かして引き攣った笑みを浮かべる。

「俺以外に経験がおありだとでも？」

「え？　どうして」

そうなるんだ、と続けたかったのに、台詞の途中でウルリヒが腰を動かしたので、言えなかった。ずるり、と蜜筒の中から大きな肉の塊が引きずり出される感覚に、ライネリアは口をはくりと開けて喘ぐ。

「は、ぁっ！」

内臓をこそがれているようだ。気持ちが悪くてもおかしくないのに、太い雁首に媚肉を引っ搔かれると、下腹部にまたあの甘い熱が籠もり始めた。

「許さない。あなたは俺のものだ。俺だけの」

獣のような唸り声で言って、ウルリヒが抜け落ちる寸前まで引いた肉棒を、叩きつけるように最奥まで押し込む。

「あぁ――ッ」

ズン、と一番奥を抉られて、チカチカと目の前が白く瞬いた。初めて雄を受け入れたばかりの隘路は激しい動きに驚いたのか、戦慄きながらウルリヒの肉棒を食い締める。

「くそっ」

何故か悪態をついて、ウルリヒがライネリアの両膝を抱え直した。

再び鋭く突き上げられて、ライネリアは悲鳴を上げる。

「ひぁああっ」

そこから先は、もう嵐のようだった。

ウルリヒは、完全に獣でしかなかった。鋼のような肉体を駆使してライネリアを振り回す。叩きつけるように腰を前後に動かされると、まるで荒れ馬に乗っているようだ。限界まで押し広げられた蜜路は、少しでも滑りをよくしようと奥から懸命に愛液を溢れさせ、部屋に響く水音が聞くに堪えないほど淫靡なものに変わった。

「あぁ、ぁ、う、ウル、リヒっ……！　も、やめ……！」

ライネリアは苦しさから呻き声で名を呼ぶ。

揺さぶられ、膣内をガツガツと抉られる度、重怠い痺れが走って身体の芯を熱く溶かしていく。自分が自分でなくなってしまうような恐怖に、ライネリアは手を伸ばしてウルリヒの手首を掴んだ。

「ウルッ……リヒ、ぁあっ」

少し止まってほしいのに、ウルリヒは突き上げるのをやめなかった。それどころか腰の動きを加速させる。

「俺のものだ……！　絶対に、誰にも渡さないッ……！」

激しく動きながらも、ウルリヒが譫言《うわごと》のように呟いているのが聞こえた。

覆い被さる鋼のような巨体から、ポタリ、ポタリと汗の雫が滴り、ライネリアの身体の上に落ちる。それをぼんやりと眺めていたら、自分の頬にも雫が落ちてきたので目を上げる。

ウルリヒが泣いていた。

鋭い眼差しをしているくせに、その青い瞳には涙が溜まってキラキラと光っている。

（……泣いて、腹を立てるほどに）

この男は自分を欲しているのだと実感して、ライネリアはおかしくなった。

「……っ、何を、笑っているのですか……！」

ライネリアが微笑んでいるのに気づいたウルリヒが、悔しそうに唸る。

その顔がまたおかしくて、ライネリアは小さな笑い声を喉の奥で殺しながら、ウルリヒに向かって両腕を広げた。

「愛しているわ、ウルリヒ。私はお前のものよ」

それが異性としての愛情なのか、家族としての愛情なのかなど、どうでもいい。

自分がウルリヒを愛していて、彼を抱き締めたい、慈しみたいと思うこの感情は真実なのだから。

ライネリアの言葉に、ウルリヒの瞳からまた涙がボロボロと零れ落ちた。

泣いていても整ったその美貌を搔き抱いて、ライネリアはもう一度囁く。

「愛している」

金の髪に頬を摺り寄せながら、これで良かったのだと思った。

この身を捧げるのは、ただ一人、この男でいいのだと。

第四章　黒

箍《たが》というものは、一度外れてしまえば後はなし崩しになるのだな、とライネリアは目の前の柔らかな金の髪を指で梳きながら思う。

もう夜が明けたのか、カーテンの隙間から淡い光が垣間見えていて、寝室の中もうっすらと白み始めていた。

目の前にあるウルリヒの顔も、はっきりと輪郭を捉えられる。ライネリアは微睡《まどろ》みから覚醒する狭間の心地好さを揺蕩いながら、うっとりとウルリヒの寝顔を眺めていた。

きれいな男だな、と思う。完璧な形とバランスで配置された左右対称の造作は、神の創りたもうた芸術品と呼んでもいいほどだ。褐色の肌はベルベットのような光沢があって、肌の手入れなどしていないはずなのに、そんじょそこらの女性よりも肌理《きめ》が細かい。

そんな美しい男が眠る様は、まるで絵画の中の神の御使いのようだった。

(顔だけ見れば優男にも見えるんだけどねぇ……)

肉体は丸太で野獣なものだから、昨夜もとにかく大変だった。

一度抱き合ってからというもの、ウルリヒは毎晩ライネリアの寝室に潜り込むようになっていた。他の使用人の手前、節操《せっそう》がないと叱りつければ、平然とした顔で肩を竦めた。

『皆からは「ようやくか！　おめでとう！」と祝福されましたが？』

とんでもない暴露までされて、どういうことだと問い詰めると、この屋敷の使用人たちは皆、幼い頃からウルリヒがライネリアに恋慕を抱いていて、それを応援していたのだと教えられて頭を抱えた。

『うちの使用人は皆ばかなの!?　そこは諦めさせるところでしょう！』

なにしろ、屋敷の主は元皇女である。身分差を考えればあり得ない話だ。

ライネリアの正論に、ウルリヒは呆れたようなため息を吐いた。

『あなたこそばかなんですか？　身分を笠に着て人を虐げてきた暴君を討った英雄が、自分たちの主なんですよ。型破りばかりしてきたあなたが、身分差だのと気にするお方ではないと信じているからこそです』

そう言われてしまえばぐうの音も出ない。

自分が型破りな自覚は嫌というほどある。元皇女らしくもなければ、女らしくもない。

(だが！　しかし！　それで養い子に手を出してもおかしくないと思われていたのなら、非常に遺憾だわ……！)

とは思ったが、実際に手を出してしまっているのだから、遺憾何にもあったものではない。

　そんなわけで、他の使用人の目をまったく気にすることなく、堂々と主の寝室に入り浸るウルリヒだったが、閨でもその傍若無人っぷりは発揮されていた。

　とにかく、長い。何がと言うと、閨事の時間である。寝室に入った直後から始まって、朝方まで続くこともある。

（おそらく、精力旺盛というやつなのでしょうね……）

　初心者のライネリアですら分かる。なにしろ、一度果てるだけで終わった試しがないのだ。二度は当たり前、三度、四度と挑まれて、あまりにも辛かったので鋼鉄のような腹に蹴りを入れて止めたこともある。

（若いにしても、ほどがある……！）

　こちとらもうすぐ三十路に差し掛かる年齢で、鍛えているとはいえ、所詮は女だ。男で筋骨隆々で丸太で——つまり人間離れした猛獣もどきの相手をするには、体格、体力ともに差がありすぎる。

　ウルリヒは若いと言っても十代ではない。軍人同士の猥談を耳にしたこともあるが、それによれば性欲の絶頂は十代で、あとは次第に収まっていくもののはずなのに、この猛獣の精豪っぷりはどういうことなのか。

「……頼むから、少し加減をして……」

　今朝もギシギシと軋む身体を動かして寝返りを打つと、ライネリアはヨロヨロしながら身体を起こした。

（本当に、加減しろ、この丸太め）

ウルリヒと閨を共にするようになってからというもの、ライネリアは大好きな遠乗りができて行けていない。疲労が蓄積しているのだ――主に股関節と周辺部の筋肉に。

とはいえ、そろそろ愛馬を走らせてやらなければ、と思いながらサイドボードにある水差しへと手を伸ばすと、腰をグイと引き寄せられて仰天した。

「わっ！」

先ほどまで寝ていた逞しい腕の中へ引きずり込まれ、ライネリアはその犯人を叱りつける。

「こら！　びっくりするでしょう！　水差しを引っ繰り返すところだったじゃないの！」

だが犯人ことウルリヒは、太い腕でしっかりとライネリアを抱き直しながら、平然とした口調で反論した。

「俺が起きるまで傍にいてくださいと、何度もお願いしているのに、聞いてくれないあなたが悪い」

「お前ねぇ……」

ライネリアは呆れつつもう一度ため息を吐く。

ウルリヒは目覚めた時にライネリアが傍にいないと非常に機嫌が悪くなる。なんでも、まだ少年の時に、一緒に眠ってくれていたライネリアが起きた時にいなくなっていて、とても悲しくなったという思い出があるらしい。こちらはまったく記憶になかったが、恨みがましく語られて、「それは悪かったわ」と言ってしまったのが運のツキだ。

　今後は彼が目覚めるまで傍にいる、という妙な約束を取りつけられてしまったのだ。

「子どもじゃあるまいし、四六時中一緒にいるのに、起きた時まで顔を見なくていいでしょうに」

「あなたはご自分の都合のいい時だけ俺を子ども扱いするくせに、子どもっぽいことをすればやめろと仰るのですね」

「……本当にもう、ああ言えばこう言うわねお前……」

　折り重なったスプーンのように背後から抱き締められながら、ライネリアは遠い目になる。本当にどうしてこんな屁理屈《へりくつ》男を好きになってしまったのか。

　そしてウルリヒの手がするすると上がってきて、自分の乳房を揉《も》み始めるが、何も言わずに受け入れる。文句を言ったところで、屁理屈で言い負かされるに違いないし、胸も揉み続けられるということをこれまでの経験から知っているのだ。

「……至福……」

「そう……」

　恍惚《こうこつ》とした表情で呟かれ、ますます遠い目になったのは言うまでもない。

＊　＊　＊

朝の触れ合いをようやく終え、ライネリアはテラスに朝食を用意させた。ウルリヒはベッドから出ることを渋ったが、「お腹が空いた」と訴えるとシャキシャキと動き出した。空腹になるとライネリアの機嫌が急降下することを知っているのだ。

テラスに朝食を用意させたのは、ここのところ一日をベッドの上で過ごすという怠惰な生活が続いていたので、少しでも外気を浴びて英気を養おうと思ったからだ。

(……だけど、失敗だったわ……!)

どうして自分は過去から学ぼうとしないのか。

「ライネリア様、次は何を召し上がりますか?」

ウルリヒが低い美声で訊ねてくる。ライネリアは顰めっ面でその麗しい笑顔を睨みつけてやる。

例のごとく、ウルリヒの膝の上にのせられ、生まれたての雛のごとく給餌されていた。

ウルリヒは訊ねてくるくせに、その手はきれいな黄色をしたスクランブルエッグをフォークで掬い、一口大にちぎった白パンの上にのせている。

「……ベーコン」

敢えて違うものを言ってやれば、ウルリヒはクスクスと笑いながら「分かりました」と言い、玉子ののった白パンをひょいとライネリアの口の中に放り込んだ。

「むう!」

目を剥いて睨めば、甘い笑顔を返された。ついでに親指で唇についた玉子を拭われる。

「そんなに拗ねないでください。このパンの後に、ベーコンも食べさせて差し上げます」

ウルリヒはニコリと唇の両端を上げて微笑むと、玉子のついた親指をペロリと舐めた。

(誰が拗ねているというのよ!?　そして人の口についていたものを舐めるな！)

大声で文句を言いたかったが、口の中の食べ物が邪魔をしてできなかった。

仕方なくモグモグと咀嚼するライネリアを、ウルリヒが嬉しそうな顔で眺めてくる。ご機嫌な様子だ。

ごくん、と飲み込んだのを見計らって、すかさずベーコンの刺さったフォークを向けてくるので、ライネリアはそれを手で押し退ける。

「いい加減にしなさい！　私は自分で食べたいの！　煩《わずら》わしい！」

「俺は食べさせて差し上げたいのです」

「もう！　埒があかないわ！　水掛け論じゃないの！　こうなったら、お前も私の身になってみなさい！」

怒りに任せて叫ぶと、ライネリアはウルリヒの持っていたフォークを奪い、彼の口元にズイッと差し出した。

奇妙な沈黙が落ちる。ウルリヒは目の前のベーコンを神妙な顔つきで見つめているし、ライネリアは早く口を開けなさい、とばかりにフォークを向け続けている。

やがて、ライネリアを上目遣いに見たウルリヒが、おもむろに口を開けた。

勝った！　とばかりに嬉々としてその中にベーコンを入れ込んだライネリアは、自分の食べさせてやったベーコンをモグモグと咀嚼する大男を見て、なんだか胸がムズムズしてくるのを感じた。

「……お、おいしい？」

訊ねると、ウルリヒは口をもぐもぐさせたまま、コクリと頷いた。

今度は胸がきゅうっとなる。

「……もっと食べる？」

何故か囁き声になったが、理由はライネリアにも分からなかった。

ウルリヒは、海色の瞳をこちらに向けたまま、無言でまたコクリと頷く。

「ほら」

スクランブルエッグを掬って差し出すと、ウルリヒがパクリと食いついた。

今度はしっかり、胸がきゅんと音を立てる。

なんだこれ、可愛い。

大の男が自分に給餌されている姿が、こんなにも可愛いなんて。以前のライネリアなら、頭がどうかしたのかと疑うような事態だ。

（…………これは、確かにクセになるかもしれない……）

ライネリアはしみじみと納得しながら、テーブルに並んだ朝食をウルリヒに与え続けたのだった。

「それは先ほどのボウルとは違いますから、重さが異なります。量り直してください」

ある日の午後、ライネリアの屋敷の厨房に、厳しい声が響いた。

立っているのは二人、大柄な一人はこの屋敷の実質上の執事であるウルリヒ、そしてもう一人は、豊かな黒髪を後ろで一つに束ね、白いエプロンを身に着けたライネリアであった。

何故、この屋敷の主が厨房になど立っているのか。

それは、ライネリアがウルリヒに、白パンの作り方を習っているからだった。

春分の祭りの時のおしおきで、翌朝大好きな白パンを食べられなかったことを教訓に、自分の好物くらい自分で作れるようになりたいと思ったのだ。

ライネリアの要望に、ウルリヒは二つ返事で了承した。これにはライネリアではなく他の使用人たちが仰天していた。なんでも、ウルリヒはどんなに頼まれても白パンのレシピを他の者に教えなかったのだそうだ。どうりでウルリヒ以外に作れないわけである。

『やっぱりご主人様と私どもとでは、信頼度が違うのですね』

と、ウルリヒを子どもの頃から知っている料理長などは寂しそうだったが、ライネリアは知っている。信頼度など関係ない。ウルリヒが白パンのレシピを独占していたのは、ライネリアの弱みをその手に握っていたかったからだ。まったくもって根性の曲がった男である。

ともあれ、厨房が暇になる昼食と夕食の間の時間を使って教わることになった。

ライネリアは動きやすいように、シャツとトラウザーズの上にメイドから借りた白いエプロンをして臨んだ。その姿を見たウルリヒが「なんだかちぐはぐな恰好ですね」と感想を述べていたが、動きやすければいいのだ。

そういうウルリヒも、自分と似たような恰好だ。シャツにベストとトラウザーズ、というい つもの装いの上に、料理長のエプロンを借りている。

さすが毎朝焼いてくれるだけあって、ウルリヒの動きには無駄がない。

小麦粉、卵、バター、塩、砂糖、パン種などの材料を手際よく準備すると、秤を出してきて言った。

「まずは材料を量るところからです。ライネリア様、小麦粉からお願いします」

言われ、「よし!」と腕捲りして挑んだライネリアであったが、早々に挫折しそうになっていた。

原因は、己の大雑把な性格である。

「ライネリア様、材料の重さは正確に計測しなければなりません」

「ライネリア様、それは塩ではなく砂糖です」

「ライネリア様、それはパン種ではなくラードです。そのラードどこから出したんですか」

「ライネリア様、待ってください、まだ混ぜないで。卵の殻がたくさん入っています」

一つ何かをすれば、一つダメ出しが飛んでくる。

いつもなら「うるさい！」と言っていればいいが、白パンが作りたいから我慢の一択だ。

ライネリアは一所にじっとしていたり、細かい工程のある作業があまり好きではない。ブンブンと剣を振るったり、馬に乗ったりと身体を動かしている方が性に合っているのだ。

そしてパン作りがこんなに面倒くさいものだったとは。

「……パン作りって難しいのね」

ライネリアは、べっとりとパン生地のついた手をワキワキさせながら、やれやれと呟く。

それをどこか疲れた様子で眺めるウルリヒが、ボソリと言った。

「パン作り以前の問題では……」

「え、どこの問題？　ところでこの生地、こんなにベタベタで大丈夫なの？　失敗しているんじゃないの？」

「……失敗はしていません。このまま捏ね続ければ、次第に纏まってきます」

「こんなにベトベトなのに？」

ボウルの中の状態を見るに、とても纏まるとは思えない。ベトベト具合を見せようと、両手を開いて見せつけながら訊ねると、妙な間の後、ウルリヒは咳払いをした。意味深長な間と咳払いに、ライネリアは片眉を上げる。今度は何を企んでいるのだ、この男。

「大丈夫です」

「今の咳払いはなんなの」

「艶《つや》が出るまで捏ねてください」

「無視しないでよ。何を企んでいるの」

「単にあなたの仕草が可愛かったんです」

てっきりはぐらかされると思ったのに、そんな答えが返って来てポカンとする。

「なんて？」

と訊き返したものの、二秒後にようやく内容が脳に到達し、ライネリアは盛大に赤面した。肌の色が濃いから分かりにくいが、よく見ればウルリヒも顔を赤くしている。

「……そんな唐突に可愛いらしいことをしないでください……」

そう言うと、ウルリヒは口元に拳を当て、凝視するライネリアの視線を避けるように顔を背けた。

「お、お前……何、言ってるの……」

そしてその恥じらうような仕草をやめなさい。

むず痒く甘酸っぱい雰囲気に耐え切れず、ライネリアはアワアワしながら震え声で呟いた。今ウルリヒの中で何が起きているのかさっぱり分からなかった。

(粘ついた小麦粉塗れの手を見せただけでしょう……！　これのどこに可愛い要素が!?)

自分と彼との間に、とんでもない温度差があるのではないだろうかと怖くなる。

だがそう言えば、と、この前自分も給餌した時にウルリヒが異様に可愛く見えたことを思い出し、ライネリアは腑に落ちた。

（……そうか、これが恋心というものなのか……）

傍《はた》から見ればまったくもってごく普通のことでも、恋をしている当人たちには素晴らしいものに感じる——なるほど、恋が病気にも例えられる理由が分かった。

無言で再びボウルに向かい、中の生地を捏ね始めながら、ライネリアは今の自分たちを危ぶんだ。

完全に浮かれている。その自覚がある。

（私は、ウルリヒを復讐の因果に巻き込むつもりはない。それは、今でも同じだ）

自分を欲しいと言ってくれたウルリヒに、自分の中の女の部分を差し出してもいいと思った。だから彼を受け入れた。

けれどこの関係は、いずれウルリヒと別れるのが前提だ。罪を背負った自分には、いつか必ず報いが来る。その因果に巻き込む前に、ウルリヒと別れていなければいけないからだ。

どうやって別れるかは、もう算段が付いていた。

ライネリアは、そう遠くはない将来に、オイゲンの求婚を受け入れるつもりだった。さんざんウルリヒとの逢瀬を楽しんでおきながら、その彼を裏切ってオイゲンに嫁げば、さすがのウルリヒも目が覚めるだろう。

ウルリヒは潔癖なところがある。愛する者への貞操を誓うし、また相手にもそれを求める。ライネリアといたすまで童貞を守っていたことや、ライネリアの処女を疑わなかったことが、それを如実に物語っている。

ライネリアの裏切りを、ウルリヒは決して許さない。そんな女には見切りをつけて、自分に相応しい女性を探すはずだ。オイゲンに腹を立てたとしても、相手は一国の王、手出しができるわけもない。

(……でももし、お前が憎しみを私にぶつけるなら……)

その時は、ウルリヒに殺されてもいいと、ライネリアは思う。

復讐の連鎖を断ち切るために誰にも殺されないつもりだったけれど、ウルリヒの復讐になら付き合ってもいい。

(殺したいほどに憎んでくれるなら、私はお前に殺されたい)

愛と憎しみは表裏一体という。その憎しみと同じだけ愛してくれているのだと思うと、自分はきっと幸福なまま死んでいけるだろう。

夢見るように想像しながら、ライネリアはパン生地を捏ね続けた。

「そろそろいいでしょう。生地を一纏めにしてください」

ウルリヒの声でハッとして手を止める。考え事をしている間、ずっと捏ね続けていたらしい。いつの間にかボウルの中のベトベトは、パン生地らしい塊になっていた。

ウルリヒが濡らした布巾を生地の上に被せて、周りの道具などを片付け始める。

「生地はこのまま一時間ほど寝かしますので、次の工程はもう少し先になります。ライネリア様は手を洗ってください」

　てきぱきと指示を出され、ライネリアはノロノロと手を洗いに行った。手にこびりついた生地を少し苦労して洗い流すと、手を拭いながらウルリヒの方へ戻る。

「何かすることはある？」

　使った道具を抱えて洗い場へ行こうとするウルリヒに訊ねると、彼は少し考えてから小麦粉の入った大きな袋を指さした。

「小麦粉の袋を食料庫に戻しておいてください。口を紐でしっかりと結んで——ああ、重いようなら決して無理をせず、そのままにしておいてください」

「分かったわ」

　ライネリアは頷いて、茶色の袋の方へ向かう。言われた通り袋の口を結んだ後、抱えようとしたところ、思ったよりも重たいことに気づく。いつものライネリアなら力ずくで持ち上げるのだが、いかんせん、本日は腰が痛い。原因は分かり切っているが、それを口にするのは矜持が許さないので、ライネリアは一人思案した。

（……これは、背負った方が良さそうかしら……？）

　両手で抱え上げるよりは、背負った方が腰への負担は軽そうだ。

　そう判断し、ライネリアは口を縛った紐を持つと、右肩にかけるようにして袋を背負い上げた。

「ぃよっ、と！」

よし、いけた！　と思ったのも束の間、袋の口を縛っていた紐がするりと抜け落ちる。

ハッと気づいた時にはもう遅かった。小麦粉の詰まった袋はビタンと音を立てて床に落ち、その拍子に大きく開いた袋の口から白い煙幕がぶわっと立ち昇る。

（しまった――！）

心の中で盛大に喚きながら、ライネリアは小麦粉を頭から被ってしまったのだった。

＊　＊　＊

ザバッと頭から湯をかけられて、ライネリアは慌てて鼻を抓む。

「まったく……重いようなら無理をしないでくださいと言ったのに」

呆れた口調の嫌味が水音に混じって聞こえてくるが、ライネリアは黙って聞き流した。いちいち反応していたらキリがない。

文句を言いながらも、ライネリアの髪を洗う彼の手つきが優しいから、怒る気になれないのもある。

「白パン作りは面倒くさかったわね」

「サラリと無視しましたね。それに、まだ終わっていませんよ。できあがるまでにあといくつか工程が」

「もういいわ。満足したから」

「……そうですか」

飽きっぽいライネリアの性格を知っているウルリヒは、苦く笑いつつもそれ以上突っ込むことなく話を終わらせた。

洗い終えた黒髪に丁寧に櫛を入れると、手早く纏めて結い上げる。それから手にラベンダーの香りのする石鹸を取り、湯を加えて泡立て始めた。

丁度いい湯加減のお湯に浸かりながら、ライネリアはウルリヒの一連の動作を眺めていた。改めて考えると不思議な光景だ。自分は全裸で湯に浸かり、その恋人である男は服を着たままバスタブの外からライネリアを洗っているのだ。

腕捲りをするウルリヒの腕は、張った筋肉が水に濡れて光っていて、妙に艶めかしい。

(……いやだ。私ったら……)

情事の際のウルリヒを思い出していた自分に、ライネリアは少し呆れた。

(身体を重ねる前は、こんなこと、考えたりもしなかったのに……)

あの腕がどうやって自分の腰に巻き付くのか、どうやって自分の身体を支えるのかを知っている今となっては、腕一本でもいやらしく見えて仕方ない。

ふと悪戯心が湧いた。

「ねえ、お前も入ったらどう？」

思いつきの提案は、艶っぽい想像をしていたせいだろう。あとは、自分ばかりが裸でいることに、少し不公平さを感じたせいかもしれない。

ウルリヒは石鹸を泡立てる手を止めて、丸くした目でライネリアを見た。

にこり、と微笑みかけてやると、ウルリヒは眉を顰める。

「何を企んでおいでです？」

さすがに用心深い。ライネリアは大袈裟な仕草で肩を竦めた。

「あらまあ、お前じゃあるまいし。ただ、私を抱えてここまで来たせいで、お前も粉だらけじゃない。一緒に入れば一度で済むと思っただけよ」

実際に何も企んではいない。ただの思いつきだ。

するとウルリヒはしばらく思案するように黙り込んだが、やがてライネリアと同じように、にこりと微笑み返してきた。

「――では、お言葉に甘えて」

「あら？　一緒に入るの？」

提案しておいてなんだが、ウルリヒは断ると思っていたので、少し驚きながら確認すれば、ウルリヒは盥《たらい》に張った湯で手を洗った後、クラヴァットの結び目に指を入れながら頷く。

「ええ。据え膳食わぬは男の恥、と言いますし、ね」

その答えに、ライネリアは口の端を上げた。

「そうこなくちゃ」

この提案が、お誘いであることをちゃんと理解しているようだ。

挑むように顎を上げて誘えば、ウルリヒがバスタブの縁に両手をかけ、顔を傾けて接吻をしてくる。形の良い唇はいつものようながむしゃらな動きは見せず、こちらの出方を窺うように啄《ついば》むだけだ。駆け引きを楽しんでいるのが分かる接吻に、ライネリアはフンと鼻を鳴らした。

（まだるっこしいわね……）

こんなお遊びをしたくて誘ったわけではない。

手を伸ばしてウルリヒのベルトを摑むと、思い切り引き寄せた。

唐突な力にバランスを崩したウルリヒは、「うわ！」と悲鳴を上げてバスタブの中に落ちる。それでも咄嗟に手をついたおかげで全身が落ちることはなかったが、上半身はずぶ濡れだ。呆然とする姿を見つめて、ライネリアは弾けるように笑い声を上げた。

「あははは！　水も滴るいい男じゃないの！」

満面の笑みで笑うライネリアを見たウルリヒが、くしゃりと顔を歪ませる。

「……本当に、あなたという人は……ズルい」

悔しそうな表情に、ライネリアは皮肉っぽい笑みを浮かべた。

「そう言うけれど、こう見えて初心なのよ。男を誘うのは生まれて初めてだもの」

濡れて額に貼りついた金の髪を指で後ろに撫でつけてやりながら言うと、ウルリヒはきれいな顔を顰める。

「――だから、そういうところがズルいと言っているんです」

掠れた声でぼやきながら、ライネリアの唇に齧りついてきた。

彼らしい接吻に満足して、ライネリアは瞼を閉じる。すぐに入り込んできた舌に己のそれを擦り合わせながら、手探りでウルリヒのシャツのボタンを外していった。

直にウルリヒに触れたくて堪らなかったのだ。はだけたシャツの隙間から手を入れて、張りのある胸板に触れる。ウルリヒの肌は滑らかで熱かった。

ウルリヒが水音を立てて下半身もバスタブの中に入れる。大きな手でライネリアの身体を弄りながら、脚の付け根の茂みを探り当てると、それを掻き分けて蜜口を指で撫でた。湯で既にふやけていた皮膚はすんなりと彼の指を受け入れる。つぷりと指を入れ込んだウルリヒは、キスの合間に笑みを吐き出した。

「濡れている」

嬉しそうなその声音に、ウルリヒの鎖骨に指を這わせながらライネリアが笑う。

「お前の腕が濡れているのを見てから、ずっと欲しかったの。早く挿れてちょうだい」

熱い息で囁くと、ウルリヒは目を見張った。

これまでウルリヒがライネリアの寝室に忍び込んで誘うという形でしか行為に及んだことがなかったせいか、ライネリアが積極的なのに驚いているのだろう。

「俺が……欲しかったのですか？」

信じられないといった表情に、ライネリアは目を細めて、自分から顔を寄せた。唇が重なる瞬間に、至近距離で青い瞳を覗き込んで囁く。

「私が欲しいのはお前だけよ」

閨の睦言だが、本当の言葉でもあった。

ウルリヒは驚愕に目を見開いたまま、接吻を受けた。

ライネリアはウルリヒの唇を食みながら、その手をトラウザーズへと伸ばす。目的はもちろん、黒い布を押し上げている熱塊だ。濡れた布越しにそれを握ると、ウルリヒの身体がビクリと揺れた。

それを可愛く、愛しく思いながら熱い棒を撫でていると、唇の下で唸り声が上がる。

（やりすぎた？）

少し焦っていると、ウルリヒに肩を摑まれ、くるりと身体を回された。バスタブの縁に両手をついた四つん這いの体勢にされて目を瞬いていると、尻を摑まれて背後から勢いよく貫かれる。

「ぁあああ――ッ」

熱く滾った肉竿を一気に最奥まで叩き込まれ、パチパチと眼裏に火花が飛んだ。

痺れるような快感に身を震わせていると、それを味わう間もなく二度三度と矢継ぎ早に突き入れられ、ライネリアはあられもなく嬌声を上げた。

「ぁ、あ、ああ、あ、ひぁあ！」

穿たれる度、腰と尻がぶつかって拍手のような音が響く。激しい身動きでバスタブの湯が嵐のように波立ち、バシャン、バシャンと床を濡らしていく。

衝撃に揺れる乳房を、男の手が鷲摑みにした。白く柔らかい肉が、厳つく浅黒い手に形を変えられる様はなんとも卑猥で、ライネリアは快感に霞む視界でそれを見つめる。

自分の肌の色とウルリヒの肌の色――象牙色と褐色のコントラストが、今ウルリヒに抱かれていることを視覚からも理解させられているようで、胸の奥が甘く蕩けた。

「ウルリヒ……！」

堪らず名前を呼べば、背中を抱き締めるようにしたウルリヒが、ライネリアの顔に自分の鼻を擦りつけてくる。猫のようなその仕草にまた愛しさを募らせていると、ウルリヒが乳房の先の飾りをくりくりと抓み始めた。

「ぁ、や、それ、だめっ」

ライネリアは乳首が弱い。両方一度に弄られると、下腹部を直撃する快感を得てしまうのだ。今も媚肉が蠢《うごめ》いて、ウルリヒを食い締めているのが分かる。

だがウルリヒの方は、初回よりもずっと余裕がある。息を詰めることなく、ライネリアの耳介を食みながら囁きかけてきた。

「だめじゃないでしょう？　気持ちがいい、の間違いだ」

耳も弱いライネリアは、その低い囁き声にゾクゾクと背中を慄かせる。

（ああ、もう、ダメ……）

数えきれないくらい交わってきた中で、ウルリヒはもうライネリアの身体を知り尽くし

ていて、弱いところばかり狙って攻撃してくる。

乳首や耳を愛撫されながら、硬い肉杭に蜜襞を蹂躙され、溜まった愉悦にライネリアの頭の中が霞み始めた。

絶頂へ向けて四肢を戦慄かせるライネリアに気づいたのか、ウルリヒが両腕で柳腰を抱える。

「ライネリア様、もう少し頑張ってください」

言われ、ライネリアは震える腕に力を込めて、バスタブの縁を握り直す。

「いい子だ」

そんなふうに褒められて、目を瞬いた瞬間、バチンと音がするほど鋭く一突きされた。

「あああ！」

ウルリヒの攻撃はここで終わらず、続けざまに叩き込まれる。太い雁首で蜜筒をこそがれると、脳髄が痺れるような快楽がライネリアを襲った。

重怠いあの波が身体の内側に押し寄せてくる。

「ライネリア様……っ！」

切羽詰まったようにウルリヒが言って、掻き抱くように顔を背後に向けられた。息すらも困難な体勢で唇を貪られる。上も下もウルリヒに支配され、苦しいはずなのに、どうしようもなく幸せだった。

ずん、と最奥を穿ったウルリヒの昂りが、一回り大きさを増したのが分かる。彼が自分の身体の中で絶頂を迎えようとしている事実に、ライネリアの全身の細胞が歓喜した。

（ああ、ウルリヒ……！）

熱杭が弾ける瞬間に、ライネリアもまた絶頂へと駆け上る。

ウルリヒが腹の中で、どくん、どくんと大きく脈打つのを感じながら、ライネリアは愉悦の光に身を委ねた。

＊　＊　＊

ウルリヒは眠るライネリアを見つめていた。

最愛の人は、生白い裸体にシーツをしどけなく纏わせて、なんの危機感も抱いていない健やかな寝顔を晒している。

自分のような獣と同じベッドにいて、どうしてこんなにも安心し切った顔で眠れるのか。

そんな疑問を抱いたが、先ほどまでさんざん自分に貪られていたのだからそれも当然か、と納得する。十分に発散させてやった、とでも思っているのだろう。

「あなたに関して、俺に限度があるとでも思っているんですか」

囁き声で投げかけた問いは、眠りの中にいる人には届かない。伏せられた黒い睫毛は濃く長く、呼吸の度に微かに揺れた。薄く開いた唇は、行為の間中、これでもかというほど吸われたせいで、腫れぼったくなっている。

こうして見ると、本当に美しい女性だと思う。死んだ皇帝も美丈夫として有名だったが、その美貌を受け継いだ彼女は、少々きつめの顔立ちではあるが、美女と呼ぶに相応しい容貌をしている。

それなのに、英雄と名高いわりにその美貌を持て囃されることがないのは、ひとえに彼女がガサツすぎるからである。下々の人間と変わらない淑女らしからぬ物言いや所作には、上品さが欠如しているのだ。

(この人は自分が女性だという自覚がないからな……)

ライネリアは父を殺したということに、誰よりも深い罪の意識を抱えている。それ故に、普通の女性としての——いや、人としての幸福を諦めている節があった。恋愛も、結婚もしないと決めているのだろうことは、日頃の言動を見ていれば分かる。戦いの際の怪我が原因で子どもが望めない身体であることも、気にした様子もなくサラリと言うものだから、周囲の方が気にしてしまうほどだ。

(あの、村長の息子にしたってそうだ)

春分の祭りでの一件を思い出し、ウルリヒは苦々しい気持ちになる。

誰がどう見てもライネリアに執心しているのに、当の本人はまったく気づいていない。自分が男の目にどう映っているのかを、欠片も理解していないのだ。

ライネリアは美しい上に、竹を割ったような性格で、分け隔てがない。基本的に心根がまっすぐで、曲がったことを許さない——まさに英雄気質だ。外見も内面も正しく美しく、更に行動力まで兼ね備えた女傑なのだ。人を惹きつけないはずがない。

村長の息子のユンゲだけではない。未婚のライネリアを隙あらばと狙う男は後を絶たない。元皇女だというのに本人がまったく身分差というものを意に介さないものだから、不届き者は増える一方だ。無論、片っ端からあらゆる手を使って蹴散らしてきたのは言うまでもないが。

村長の息子という点で脈があるとでも思ったのか、あのユンゲはずいぶん調子に乗った行動を取っていたから、村の自警団の訓練に参加した際に叩きのめしておいた。それ以来ふざけたことをしてこなくなったので、諦めたようだ。

(だが、今回ばかりは骨が折れそうだ)

腹立たしくも思い返すのは、あの熊のようなジジイ——オイゲン・モーリス・フォン・レンベルクだ。ライネリアの戦友にして、ウルリヒの師。そして自分たちが暮らす国の王でもある男。

これまでの有象無象《うぞうむぞう》とは格が違う。権力、財力についてはもちろん、武術についてもウルリヒと同格か、或いはそれ以上。それも、情けないが、オイゲンの加齢とウルリヒの若さを加味した目算だ。その上、オイゲンはライネリアから絶大な信頼を得ている。共に皇帝を討った戦友であり、帝国分裂後、ライネリアに生きる場所を与えた恩人だからだ。

(問題は、この人の行動原理が恋情ではなく、信条であることだ)

眠るライネリアの髪を一房手に取り、指で弄びながら思う。

ライネリアは己の信じるもののために行動する。父親を討ったのがいい例だ。皇帝は唯一の娘であるライネリアを可愛がっていたという。にもかかわらず、彼女は父帝を廃さなくてはならない悪だとして自らの手にかけた。実際に、皇帝はやりすぎた王だった。大陸制覇を夢見て周辺諸国へ侵攻を続け、領土はどんどん拡大していった。それなのに制度を強化することとしなかったため、帝国は統制を失った。度重なる遠征に民は疲弊し、政治は腐敗した。混沌と化した国を、けれども夢に取りつかれた皇帝は顧みることをしなかった。

王の資格を失った者は、王座から引きずり下される。だからライネリアの行ったことは、必然であったとも言える。

だが、普通の人間にはできないことだろう。人は欲や情に流されやすい生き物だ。自分を優遇してくれる権力者に阿《おもね》ることの方が重要に思えるものだし、己の幸福は優秀な他者に委ねる方が簡単だから。

父の掌の上にいるだけで約束されていた安寧よりも、自分が正しいと信じたことを貫いたライネリアは、やはり凡人ではない器の持ち主なのだろう。

そんなライネリアだから、己の信条に適う内容であれば、オイゲンの頼みを聞いてしまう可能性がある。

実際に、ウルリヒと身体を重ねる前にはオイゲンの求婚を受けると言っていた。

（あのトンチキな提案の中にも、この人の信条と重なる部分があったのだろう）

その時の衝撃を思い返して、ウルリヒは奥歯を噛み締める。思い出したくない記憶の一つだが、忘れるわけにはいかない。状況を正しく把握しておかなければ、彼女を得ることはできないのだから。

今は自分を受け入れてくれているライネリアだが、それが永遠に続く関係ではないことを、ウルリヒは理解していた。

信条を指針に生きるライネリアにとって、唯一の弱点が自分の姉、マレルナだ。

ウルリヒにとっては、正直なところ、そこまで思い入れのある人物とは言えない。幼児だった自分を拾って生かしてくれた人なのだが、いかんせん幼すぎてあまり記憶にないのだ。

マレルナは自分を拾ってすぐに『蟻の巣』に入ったらしく、集められた子どもの中でも年長組で、しかも高い身体能力を備えていたため、即戦力と見なされ訓練に明け暮れていた。結果、幼児の面倒を見る暇などなく、ウルリヒをはじめとする幼児の世話をしてくれたのは他の子どもたちだった。そして間を置かず一人前の『蟻』となって、皇女であったライネリアの傍仕えになったため、ほとんど接触する機会はなかった。

ウルリヒにとっては『蟻の巣』の先輩という程度の認識だったが、マレルナは『姉弟』という認識であったようで、顔を見れば構おうとしてきたのを覚えている。

そのマレルナを、ライネリアは非常に愛していたのだ。

主と使用人という立場にもかかわらず、ライネリアはマレルナを「親友」だと言う。自分を誰よりも理解し、守ってくれた、かけがえのない人だったのだと。

マレルナの遺言だったから、自分を引き取ってくれたことも理解している。

(本当ならこの人は、一人になりたいだろうに)

実の父を手にかけ、母や兄弟たちを死に至らしめた自分は、孤独であるべきなのだとライネリアが考えていることも知っている。

ウルリヒを引き取れば、自分の信条から外れた道を行くことになると分かっていても、彼女はウルリヒの手を取ってくれたのだ。

信条よりも、マレルナへの愛情を選んだのだ。

つまりマレルナだけが、信条を違えてでも、ライネリアを動かしうる者ということだ。

それが自分でないことに、どうしようもない苛立ちや悔しさを感じてしまうが、死者に対して嫉妬するのもばかげた話だ。

自分がそのマレルナの弟だという立場を利用しない手はない。

ウルリヒの目論見は上手くいった。ライネリアとの同居に持ち込めたし、自分なしに生活できなくなるように彼女の身の回りの世話は全て自分が行うように仕向けた。更には屋敷の運営管理も、年老いた執事から半ば強引に引き継いで、ライネリアの生活には自分が不可欠というところまでやって来ていた。

(それなのに……)

ここにきて邪魔が入るとは。

オイゲンは完全に伏兵だった。しかも、とんでもなく手強い。

(だが、この俺がただ指を咥えて見ているだけだと思ったら、大間違いだ)

ウルリヒはニヤリと笑って、眠るライネリアの額に接吻を落とした。

どんなに手強い相手だろうと、ライネリアに集《たか》る虫は全て叩き落としてやる。

「目にもの見せてやるぞ、クソジジイ」

小さく呟いて、ウルリヒは音を立てないように注意しながら、寝室を後にした。

向かったのは自室だ。ライネリアの隣で眠りたかったが、やらねばならないことがあった。

部屋のドアを開けて入る。しかしすぐに人の気配にハッとして全身を強張らせた
目を凝らすと、灯りのない暗がりの中、執務机の上に行儀悪く腰かける男の姿が見えた。

「腑抜けたものだな、ウル」

その声に、ウルリヒは身体の緊張を解く。

中肉中背、これと言って特徴のない顔立ちの男は、ウルリヒが『蟻の巣』にいた時の同朋で、エスと呼ばれている。これはアルファベットから取ったもので、ウルリヒ同様に幼児の時に拾われた者が他にも多くいたため、便宜上の名をオイゲンが付けたのだ。「ちゃんとした名は、いつか自分にとって大切な人ができたら、その人に付けてもらえ」と言っていた。『蟻の巣』が子どもたちにとって過酷な場所であり、その管理者である自分には名付け親の資格はないと思っていたのだろう。妙な正義感の出し方をするジジイだ。

だから、『蟻の巣』には名前がアルファベット一文字の子どもがたくさんいたのだ。

多くの子どもは『蟻の巣』崩壊後、ライネリアの作った孤児院に移って新しい名前をもらったらしいが、エスだけはそのまま使い続けている。名前なんぞ変えたところで中身が同じなら意味がない、というのが彼の言だ。

ウルリヒは暗がりに慣れ始めた目でエスを捉え、小さくため息を吐く。

無言で執務机に近づき、その上にのったエスの尻を退かすと、机の上のランプに火を灯した。暗かった部屋にじんわりとした黄色い光が差し、辺りの景色を浮かび上がらせる。

「どこから入ってきた」

「どこからでも侵入できるさ。この屋敷は防犯対策がなってない。襲ってくれと言っているようなものだ」

エスの挑発するような発言を、ウルリヒは軽く肩を竦めていなした。

「俺があの方の傍にいるから何も問題はない」

「ははは！　相変わらず自信過剰だな！」

カラカラと笑う元同朋は、口は悪いが腹は黒くない。ただし倫理観が崩壊しているので、やることはどす黒い。

「なぁ、おい。まだ気が変わらないのか？　お前はこんなところで燻っているような奴じゃないだろう？　その強さ、その頭脳、その容姿！　お前ほど恵まれた男はいないってのに。一緒に天下を取ろうぜ？」

エスの誘いに、ウルリヒは冷たい眼差しを向ける。いつもの軽口だと分かっているが、毎回同じ台詞を聞いていると、いい加減面倒になるものだ。

「くどい」

「はいはい、そんなにあの年増の魔女がいいかねぇ」

その瞬間、ウルリヒは握った手の甲をエスの顔面目掛けて叩き込む。

「うわっ！」

素早く身を屈めて間一髪で裏拳を避けたエスが、目を剝きながら悲鳴を上げた。

「っぶねー！」

「もう一度あの方を年増だとか魔女だとかと呼んだら、殺す」

誰であろうと、ライネリアの悪口を言う者には制裁を加える。それがウルリヒの正義だ。

低い声に殺気を感じ取ったのか、エスは半笑いを浮かべて首を横に振る。

「……いや、ほんと、お前のその執着、どうかしてると思うけどなー」

「お前とて、あの方に救われた者の一人だろう」

ライネリアによって『蟻の巣』が崩壊し、子どもたちは彼女の手でまっとうな道へ導かれたはずだ。それなのに、その恩人に対するこの男の態度は実に度し難い。

だがエスは頭の後ろに両手をあてて、唇を尖らせた。

「そりゃそうだけどー。まあ、感謝はしてるよ。でもぶっちゃけ、『蟻の巣』の方が俺には居心地が好かったからなぁ。あの人の作った孤児院の連中は、どうにもおキレイなことしか言わねーから、なぁんか肌が合わなくてさー。結局逃げ出して、今の仕事始めちゃったわけですし。元の木阿弥《もくあみ》ってやつ？」

エスはライネリアの作った孤児院に馴染めず、脱走して別の道に進んでいた。現在は傭兵の斡旋業を営んでいるが、その裏では金で人殺しを請け負う暗殺業もやっている。人殺しを教え込まれた結果、まっとうな道よりもそちらが性に合ったというわけだ。

『蟻の巣』の出身者には、エスのような者が少なくない。実際エスの店にも多くの元蟻が雇われている。

ライネリアが聞けば盛大に嘆きそうだと思いながら、ウルリヒはため息を吐いて椅子に腰かけた。

「それよりも、頼んでいた件はどうなった」

「それを報告しに来たんでしょー、もー。大変だったぜ、まったく、無茶な依頼をしてくれちゃって！　うちは殺しが専門であって、調査の類は門外漢《もんがいかん》なのよ」

「暗殺対象の前調査と同じようなものだろう。それに、金は倍払ったはずだ」

文句を言うエスに手を差し出すと、エスがポンと封筒を乗せる。

「ハイ、その通りー。きちんと仕事はしましたよ！　ちょっと僕、褒めてほしかっただけなの！」

エスの言葉を無視して封を開け、中身を確かめた。内容を読んでいくうちに、自分の唇の端が吊り上がっていくのを感じる。

「うわー！　わっるい顔ぉ」

「元々だ」

茶々を入れられて短く返すと、エスは「ま、それもそうか」と皮肉げに笑った後、もう一度執務机に尻を乗せた。

「まあ、そこに書いてある通りだよ。金獅子王は確かに二十数年前に結婚していた。それも、相手は肌の色の違う異民族だ」

「あんな熊ジジイが結婚できたのは驚きだな」

相槌を打ちながら、ウルリヒは舐めるように報告書を読み続ける。

エスにはオイゲンの言葉の真偽を確認させていた。ライネリアは疑っていないようだったが、オイゲンが本当に結婚していたのかを調べなくては先に進めないと判断した。

オイゲンは一国の為政者だ。ライネリアが清廉潔白な英雄だとすれば、オイゲンは清濁併せ呑む覇王だ。必要があれば嘘を吐くことも厭わないだろう。あのトンチキな言い訳すら作り話である可能性は十分にあると考えたのだ。

だがエスの報告書によれば、オイゲンの結婚は事実だったようだ。もう二十年以上も前だったが、当時のレンベルクでもかなり騒動になった話らしい。

「第一王位継承者であるオイゲンが結婚相手だと言って連れて来たのが、肌の色の黒い女だった。異民族に寛容なレンベルクの王室でもかなり揉めたらしい」

そりゃそうだろうな、とウルリヒは鼻白む。いくら異民族に寛容な国とはいえ、王族の結婚相手となれば別の話だ。

「だがオイゲンは譲らず、一時は王位継承権を放棄した挙げ句、王子の座すらも辞して出奔したらしい。恋人とお手手繋いでかけおちってやつだな。一人しかいない王子に出奔されて、王室の方が折れたらしい。恋人との結婚を認めたものの、彼らの結婚は非公式のものとされた。つまり、内縁の妻って形だな」

エスの話を聞きながら、ウルリヒは頭の中でオイゲンを思い浮かべる。あの熊のようなジジイの恋愛話など、どうにもピンとこない上に、あまり想像したくない代物だ。

「内縁の妻でも、配偶者には変わりない。ディプロー教では妻は唯一でなくてはならない。──そうだな？」

ウルリヒは気を取り直してエスに確認した。大事なのはここだ。

「ま、そういうことになるねー」

「ちなみに、オイゲン夫妻の結婚は、どこの神殿が認めたものだ？」

帝国の傘下に入る前のレンベルクは自然崇拝から派生した多神教国家だったので、太陽や大地を司る神々を祭った神殿が多数存在した。王族の婚姻をどこかの神殿に報告するといった儀式を行っていたはずだ。

そう考えて訊ねると、エスは頭を掻きながら「え～」と適当な返事をする。あまり興味がないらしい。

「当時のレンベルクは、土地神としての神ならなんでも祭っていたらしいからな。あの地方で一番流行ってたのが太陽神メヘレだから、それなんじゃないの？」

「調べろ。それと、ディプロー教の大司教の中で、金の好きそうな奴と繋がりを作りたい」

　矢継ぎ早に言うと、盛大に嫌そうな顔をしてエスが叫ぶ。

「えー！　面倒くさいんですけど！」

「金は払う」

「もー。上乗せするからな！」

　金の工面に問題はない。『蟻の巣』の同朋たちが各地に散らばって商売を行っている。エスのように、ライネリアの示したまっとうな道から外れてしまった元蟻たちだ。

　ウルリヒは、野垂れ死ぬか、ならず者になるかのどちらかだった彼らを纏め上げ、各国の中継地点に店舗を構えさせたのだ。中継貿易だ。主だった交通路がなかった大陸の東と西に、皇帝の遠征のおかげで道ができたことに目を付けたのだ。道があるということは、物流ができるということだ。貿易においては、先に始めた者が強い。いち早く行動を起こしたウルリヒの商売は、目論見通りすぐに軌道に乗り、今では一、二を競う大店《おおだな》となって、かなりの収益を上げている。最近では、陸の道だけではなく海の道を利用することを想定し、貿易船を買い取ることも考えている。

　ちなみに、最初の資金はオイゲンからふんだくった。あのジジイが蟻の存在に罪悪感を抱き、子どもたちの行く末を案じていることは知っていたから、そこをつついてやればすぐに援助を申し出た。無論返済済みだが、今でも主要取引先の一つはレンベルク王宮である。

ウルリヒがこうした事業を興していることを、ライネリアは知らない。知れば、一人前になったと言って、ウルリヒを手放そうとするのが目に見えているからだ。

(やっと掴んだあの手を、絶対に放すものか)

ベッドで眠るライネリアを眼裏に浮かべ、ウルリヒはギュッと目を閉じる。

必ず、ライネリアの全てを手に入れる。過去も、未来も、現在も、彼女の丸ごとをこの手に収め、共に生きると言わせてみせる。

「レンベルクが国教をディプロー教に定めたのは、帝国の支配下に置かれた後だ。つまり、オイゲンの婚姻はディプロー教会認可のものではない。それでも、一夫一婦制を厳格に定めているディプロー教が婚外子を認めないことは有名だから、オイゲンに既に子をなした内縁の妻が存在することを証明すれば、奴が新たな妻を迎えることをディプロー教会は決して認めはしない。ヴィルニス王がレンベルク王の後継者を名乗っている以上、な」

オイゲンには悪いが、彼の妻と子の生存はほぼ絶望的だ。歴史に残るほど凄惨な戦火の中を、身重の、しかも肌の黒い異民族の女性が生き残れるとは到底考えられない。

オイゲンに後継者のできない状況は、ヴィルニスにとってこれ以上はない好都合だ。

ヴィルニスと昵懇《じっこん》の間柄であるディプロー教会は、嬉々として内縁の妻の存在を認めるだろう。

「なるほどね。そしたら、オイゲンのジジイが姫様を娶ることはできないってわけか」

ウルリヒの説明に、エスが「ヒヒヒ」と悪い笑い声を上げた。『蟻の巣』時代にさんざん扱《しご》かれたオイゲンに、大抵の子どもたちは多少なりとも恨みを抱いているのだ。

もしこれでヴィルニスとレンベルクとの間で戦争になったとしても、大変結構。ライネリアを犠牲にして回避する戦争なぞクソ喰らえだ。そもそも、ウルリヒはオイゲンが気に食わなかった。あの熊男がやったのは、扇動だ。皇女という立場の少女を使い、肉親を殺させ、新しい国造りのために英雄に仕立て上げた。高邁で清廉なライネリアを利用し搾取し続けてきたようなものなのだ。

（これ以上、あの人を食い物にさせてなるものか）

「余裕ぶっていられるのも今だけだ、クソジジイ」

口汚く罵るウルリヒを、エスが面白そうに眺めていた。

＊　＊　＊

身体を重ねたせいなのか、ウルリヒがこれまで以上に傍にいたがるようになった。

屋敷にいる時もさることながら、散歩や買い出しにまで必ず一緒に行くようになって、ライネリアは少々困っていた。自分一人の時間を持ちたいとか、そういうことではない。

彼が傍にいることに不快感や圧迫感はない。

問題は、四六時中一緒にいることに慣れてしまったら、彼との別れが辛くなるという懸念がどんどんと高まっていく気がすることだ。

（……いや、実際に高まってしまっている）

ウルリヒと離れることを想像するだけで、心が冷たくなっていく自分がいる。

ライネリアの名前を呼ぶ低い声が好きだ。閨事の最中に少し掠れるのも堪らなくゾクゾクする。深い海色の瞳に自分の姿が映っているのを見るのが好きだ。ウルリヒはいつだってまっすぐにライネリアを見つめてくれている。大きな掌は温かく、少し乾いていて、その手に触れられると思うだけで、自分の皮膚の細胞の一つ一つが歓喜に震えるのが分かる。逞しい身体で包み込まれるように抱き締められると、安堵にも似た多幸感で胸がいっぱいになる。

（このままじゃ、ダメだ）

彼と共にあることの幸福を知ってしまえば、手放すのが辛くなることくらい理解していたはずなのに、これは想像以上だ。

（ダメだ。思い出せ。自分がどういう人間なのかを）

自分は復讐の連鎖を背負った者だ。この負の連鎖を断ち切るために、誰かと共に在る人生を望んではいけない。自分は孤独であるべきなのだ。誰にも殺されず、一人で生をまっとうしなくてはならない。

それが、父を、母を、そして兄弟たちを皆殺しにした己の運命なのだ。

（……いつ、ウルリヒの手を放そうか）

ウルリヒを愛しいと思うほど、一刻も早く放さなければと思う。己の運命に、ウルリヒだけは巻き込んではならない。ただでさえ、ライネリアは彼の姉であるマレルナを死なせてしまっている。これ以上何も彼から奪ってはならないのだ。

（ウルリヒは、幸せにならなくては）

だから、早く、早くと理性は急かすのに、欲望は彼の手にしがみついてしまっている。ウルリヒの笑顔を見る度に、その逞しい腕の中に抱き締められる度に、相反する想いに引き裂かれて、頭の中が焼き切れそうになる。

今もこうして、二人で遠駆けをしてしまった。

本当は一人で出るつもりだったのに、厩舎に行けば、ウルリヒが当たり前のように二頭分の鞍を準備していたのだ。

『ライネリア様と遠駆けをするのは久しぶりですね』

と満面の笑みで言われてしまえば、無下にできるわけがない。そもそもライネリアはウルリヒの泣き顔に弱いが、笑顔にも弱いのだ。

葛藤を抱えつつ、背後にピタリと馬を付けてくるウルリヒをチラリと振り返る。

ライネリアがこちらを見たことに気づいたらしく、ウルリヒはニコリと笑みを浮かべた。

それが子どものように嬉しそうな顔なものだから、ライネリアの胸がぎゅうっと痛くなる。

（オイゲンと結婚すると言えば、この笑顔も見られなくなるのでしょうね……）

感傷的になる己の愚かさに嘲笑が浮かぶ。

笑顔が見られないどころか、会うことすらなくなるのだ。何を甘えたことを考えているのだろう。自分は孤独の中で死んでいかねばならないと、毎日のように自戒しているのではなかったのか。

いい加減、自分にうんざりして、ライネリアは馬の速度を上げた。

「ライネリア様!?」

急に速度を上げたことに驚くウルリヒの声が聞こえたが、ライネリアは構わず走り続ける。髪を弄《なぶ》る風に、醜い自分の葛藤を払拭してくれと願った。大好きな乗馬をしていて、こんな気持ちになるなんて、少し前の自分なら想像もできなかっただろう。

いかにライネリアが乗馬の達人でも、それに後れを取るウルリヒではない。

まるで競争でもしているかのような疾走の後、二人は国境付近の羊牧場で馬を止めた。

そこで数人の男たちが集まって、懸命に柵を直していたからだ。

「手伝うわ」

馬を下りたライネリアが申し出れば、最初「英雄様にこんなことをさせるわけにはいかない」と遠慮していた男たちだったが、ライネリアの後ろに続いた巨漢を見ると、「では、御願してもいいですか」と礼を言った。羊牧場の柵は、獣が体当たりしても壊れないように頑丈な作りになっている。直すのが重労働なことは、一本の杭の太さを見れば窺い知れる。ウルリヒのような、見るからに力の強そうな男手はありがたかったのだろう。

「どうしてまた、こんなに派手に壊れたの？　見たところ、襲撃を受けたような感じだけれど……」

　杭を支えながらライネリアが訊くと、この羊牧場の主らしい老人が酷く疲れたような顔で答えた。

「昨夜の内に壊されたようで……夜半に羊たちが騒ぐから見に行けば、盗賊どもが柵を破壊して、羊を盗んでいましてね。わし一人じゃ立ち向かったところで殺されるのが関の山、仕方なく隠れたんですが……。ホラ、あいつら、気性が荒いって噂じゃないですか」

「あいつら？」

　含みのある物言いに首を傾げると、老人は声を潜める。

「真っ黒い肌の、異民族ですよ」

　差別的な発言に聞こえて、ライネリアはハッキリと眉根を寄せた。

「肌が黒いから気性が荒いというのは偏見だわ。その盗賊が異民族だと言いたいのでしょうけど、ちゃんと根拠があるんでしょうね？」

　ライネリアの機嫌が急降下したのが分かったのか、老人は蒼褪めてブンブンと頭を振る。そしてウルリヒにチラリと目を遣って、ペコペコと頭を下げた。

「あ、あの、昨夜私が見た盗賊どもの肌が、黒かったんですよ」

「それは暗闇でそう見えたのでは？」

「い、いえ！　松明に照らされたところをしっかり見ましたし、何より異民族の顔立ちはわしらとは違いますから！」

ライネリアの厳しい追及に、老人は狼狽しつつも主張を翻さなかった。

（……では、本当のことを言っているのでしょうね）

となれば、国境沿いを異民族に襲撃されたということだ。

オイゲンの治めるレンベルクは、昔から異民族に寛容な国だが、それでも小競り合いは絶えない。十数年に一度は、軍隊を投入する大々的な争いにまで発展するため、この辺境のヘルセンには大規模な国境警備軍が配置されているのだ。

思案するライネリアに、老人が恐る恐る声をかけてくる。

「あの、わしらも、別にライネリア様のお付きの人まで悪く思っているわけじゃないんです。ただ、ここ最近、国境付近の村の羊が襲われる事件が頻発《ひんぱつ》してまして……。そのいずれも、襲撃者は異民族だったたっていう話なもんで……」

「——それは本当？」

初めて聞いた話に驚いていると、それまで黙っていた男たちが口々に話し出す。

「そうなんですよ。俺が聞いた話じゃ、ここひと月で、三、四の牧場がやられてる」

「金獅子陛下が再び治めてくださるようになってから、ずいぶんと静かになっていたんですがね」

「まぁた物騒になってきやがって、今はまだ牧場の羊で済んでるが、いつ村を襲ってくるかって、私らも戦々恐々としてるんですよ」

切羽詰まったように話す彼らを見ていれば、村人たちの不安が伝わって来る。

「分かった。私の方から、オイゲン陛下に話をしておくわ。それと、国境警備軍にも話をしておいた方がいいわね」

ライネリアの言葉に、皆安堵した顔をして口々に礼を言った。

柵の修理は思ったよりも手間取り、帰る頃には日が暮れかけていた。

「今日はよくやってくれたわ、ウルリヒ。思いがけず重労働させてしまったわね」

ライネリアの労いに、ウルリヒは肩を竦める。

「この程度、大したことではありません。ライネリア様こそ、酷い恰好になってしまっていますよ」

「お前もね」

二人とも着ている衣服は泥だらけだ。顔を見合わせて笑っていると、ウルリヒの手が伸びてきて、頬をそっと擦られた。

「泥がついています」

「……いい。帰ったら、どうせ風呂に入るもの」

こちらを見下ろすウルリヒの目が優しくて、胸が締め付けられる。こんな他愛のない触れ合いを、どうしようもなく愛しいと思う自分が怖かった。

「さあ、帰りましょう。もう日が暮れてしまうわ。急がないと、村長が来てしまう」

愛馬に跨がりながら言うと、ウルリヒも鐙《あぶみ》に足をかける。

今日は夕食にデンダー村の村長を招いていたのだ。昨日、相談があると文が来たので、それならば夕食を共にしようと返事を出したのだ。

「相談って、この襲撃の件なのかもしれないわね」

ライネリアが言うと、ウルリヒも頷いた。

「デンダー村が襲撃を受けたという話はまだ聞きませんが、彼らの話が本当なら、いつ襲われてもおかしくない。その前にライネリア様に相談したいのかもしれません」

「……そうね。とにかく、急ぎましょう。森の道を行くわよ」

来る時は馬を長く走らせるつもりだったので遠回りしてきたが、森の中を突っ切る方が近道なのだ。ライネリアの提案に、ウルリヒは少し顔を曇らせる。

「……森はやめた方が」

「お前、話を聞いていたの？　急ぐと言っているでしょう」

言い張るライネリアに、ウルリヒは深いため息をついた。

「……仕方ありませんね。だが、それならあまり速く走らせないようになさってくださいよ。木が多いと馬にとっても危ないですから」

「走らせるつもりはないわ。セフォネだって、今日は十分運動したから疲れているだろうし。ねえ、セフォネ」

名を呼んで愛馬の首を撫でてやれば、それに応えるように小さい嘶《いなな》きが返ってきた。

「分かっていらっしゃるならいいのです」

ウルリヒが偉そうに言うので、なんとなく面白くなくてライネリアは合図もなしに馬を走らせる。まだ馬に跨がろうとしている最中だったウルリヒは、驚いたように叫ぶ。

「ライネリア様！」

「ほら、早く来なさい！　置いていくわよ！」

笑いながら森を目指して駆けていけば、途中で追いついたウルリヒが文句を言った。

「そういうお戯れが万が一の事態に繫がるのですよ！」

「あーあーごめんなさいねぇ！」

お小言を右から左に受け流している間に森に入ったので馬の速度を緩める。この森は根が地表にまで盛り上がってでこぼこしているため、速足で歩かせるくらいが丁度いいのだ。

「さすがに暗いわね」

森に入ってしばらくした頃には日が暮れていた。今夜は満月で割と明るい夜だったが、木々に遮られて森の中は闇夜に近い。村の男たちからもらった松明でなんとか辺りは照らせるが、先までは見通せず、ライネリアは更に馬の速度を落とした。慣れた森だが慎重になった方がいいだろう。

森の半ばまで来たところで、いつの間にか前に出ていたウルリヒがスッと腕を出した。

「止まってください、ライネリア様」

「ウルリヒ……？　――――！」

どうしたのだろうと声をかけたライネリアは、次の瞬間、眦を吊り上げて前を見据える。

木々の間から、いくつもの人影が出てきて、行く手を塞いでいた。現れた者たちは十数名はいるだろうか。雑然とした身なりと、顔を隠すような覆面で分かる。

——盗賊だ。

「これはこれは……久々に暴れられそうだわね」

ライネリアは笑みが浮かぶのを止められなかった。戦場特有の緊迫した空気に、身体中の血が沸きたつのを感じていた。

嬉々とした物言いに、ウルリヒが呆れた声を出す。

「落ち着いてください。得物はあるんですか？」

「護身用の短剣だけ」

「接近戦用じゃないですか……」

ウルリヒはウンザリとして言ったが、すぐに自分の腰に下げていた二本の長剣の一つを鞘ごと投げて寄越す。ウルリヒは二刀流なのだ。

「俺用ですから、多少重いですよ」

それでも軽い方を渡してくれたはずだが、受け取ったライネリアはずっしりとした重量に目を丸くする。

「お前、こんなものを片手で振っているの？」

「扱える自信がないなら返してください。そして俺が片付けるまで奥に引っ込んで待っているんですね」

鼻で笑うように挑発されて、ライネリアはハッと乾いた笑いを吐き出した。

「ご冗談を」

「まあ、そう来ると思っていました」

言いながら、ウルリヒが長剣をスラリと抜いた。目線は盗賊たちにピタリと当てられている。馬上にいて尚、隙のないその構えに惚れ惚れとしながら、ライネリアもまた剣を抜いた。ウルリヒの長剣は鞘から抜いても重く、利き手の筋肉が引き攣《つ》りそうだ。だがウルリヒ一人に戦わせるつもりは毛頭ない。

長剣を構え、盗賊たちに向かって声を張った。

「我が名はライネリア・ブランカ・レオポルディーナ・ヨーゼファ・フォン・ロムルス。私を『辺境の魔女』と知ってなお道を阻むというのならば、相応の覚悟をしてもらおう！」

久しぶりにこの長ったらしい本名を名乗った。英雄ライネリアの名前はこの大陸であれば、そこそこの知名度があるはずだ。この名前を聞いて臆して去ってくれるのであれば、それはそれでいいと思っていた。

ライネリアとて無駄な殺生はなるべく避けたいところだ。

（だが、一人くらい生け捕りにしたいわね）

それを手土産に国境警備軍の屯所へ行けば、早く対処できるだろう。

そんなことをのんびりと考えていると、盗賊の中の一人が不気味な声で笑った。

「もちろん、存じ上げていますとも。裏切りの皇女ライネリア」

その台詞に、ライネリアの肌が総毛立つ。

『裏切りの皇女』――その言葉が意味しているのは、この盗賊たちが亡き父帝に傾倒する者たちであるということだ。

真っ先に感じたのは、復讐の連鎖が現実のものになってしまった、という恐怖だった。

ここにはまだウルリヒがいる。彼を自分の運命に巻き込んではいけない。

ライネリアは震えそうになる喉を叱咤し、できるだけ力強く嘲笑してみせる。

「ハハハ！　その通り、私こそが血の繋がった父を殺した悪女、ライネリアよ！　では貴様らの狙いは私か、この身の程知らずどもめ！」

言うや否や、愛馬の腹を蹴って駆け出した。

騎乗のまま突進してくる相手に、ワッと盗賊たちが怒号を上げる。

(復讐の連鎖が私のもとに届いたのならば、絶対に殺されてはならない！)

言うまでもなく、ライネリアとウルリヒが揃っていて、この有象無象にやられることはない。盗賊たちの動きは明らかに訓練されたものではなく、烏合の衆であることは明白だ。

武器を持っただけの素人が何人束になったところで、自分たちに敵うはずがない。

飛び掛かって来る盗賊の頭を長剣で薙ぎ払いながら、ライネリアは飛んできた返り血に舌打ちした。

「今日は泥に加えて返り血まで！　とことん汚れる日のようね！」

「だから森はやめましょうと言いましたのに」

ライネリアの文句に飄々と応えるのは、もちろんウルリヒだ。

涼しい顔で太く長い長剣を振り回し、寄って来ようとする敵をあっという間に切り倒している。振り回しているように見えて、確実に敵の息の根を止める場所を狙っているあたり、豪快に見えて実に精緻な剣を振るう男だ。

（さすがね）

そんなウルリヒを頼もしく思っていると、目の端に何かを捉えて、咄嗟に身を捩った。

ヒュン、と空気を切り裂く音が鼓膜を震わせ、顔すれすれのところを矢が飛んでいく。

「弓か！」

ライネリアは臍を噛んだ。見えている敵にばかり気を取られていたが、狙撃手まで用意していたとは。どれだけの人数を集めたのか。

「準備万端じゃないの」

皮肉っぽく呟いてみせたが、内心焦っていた。ここまで用意周到に自分を狙ってきていたとは。

ライネリアは矢の飛んできた方向を意識しながら、斬りかかって来る敵を斬り倒す。だが今度は別の方向からまた矢が飛んでくる。手綱を引きながら馬を操りその場を移動しようと試みる。動かなければ的にされるだけだ。

だが次の刹那、愛馬が悲鳴のような嘶きを上げて棹立《さおだ》ちになった。胴体に矢を受けたのだと分かったが、その時にはもうライネリアの身体は宙を舞っていた。

「ライネリア様！」

ウルリヒの声が聞こえて我に返り、渾身の力を振り絞って受け身を取ったが、地面に落ちたと同時に右肩に焼けるような痛みを感じた。

「くそ……！」

矢を受けたのだと思ったが、そこからビリビリと焼けつくような痺れが血管を流れていくのを感じて、まずいと思う。

(毒矢だ)

それも、即効性の毒のようだ。

霞む視界の中、血相を変えたウルリヒがこちらに向かって手を伸ばすのが見えた。

(大丈夫だ、ウルリヒ。私は、絶対に死なない……)

この状況で死んだりすれば、ウルリヒは間違いなく復讐の鬼と化すだろう。

そんな最悪の事態にだけは、したくない。

「死なない……」

ウルリヒを安心させるための宣言は、けれど弱々しい囁きにしかならず、ライネリアの意識は闇に沈んだ。

＊　＊　＊

目を覚ますと、そこは自分の寝室のベッドの上だった。見慣れた天蓋をぼんやりと眺め

ていたら、シャッとカーテンが引かれて長身の美丈夫が現れた。

「ライネリア様！」

ウルリヒはライネリアの目が開いているのを見て、目を見開き顔を歪める。

「……おはよう、ウルリヒ」

一応、これが妥当な挨拶かなと思って出した声は、掠れた酷い声だった。

（……あれ、これ、何日寝ていたのかしら、私は）

声だけではない。どうにも身体は重いし、頭はぼんやりとしている。熱を出して寝込んだ後の体調とよく似ていて、ライネリアにふと倒れる前の記憶が蘇った。

（そうだ。森で盗賊の襲撃に遭って……、毒矢を受けて昏倒《こんとう》したんだった……）

情けない、とライネリアは瞑目する。あの程度の敵にやられるなど、実戦を離れ、精神も身体も鈍《なま》り切っていたとしか思えない。

「悪かったわね、ウルリヒ……」

自分の不徳の致すところを謝ろうとしたライネリアは、頬にパタパタと生温かい雫が落ちる感覚に目を開く。すると、青い瞳にキラキラと光る水を一杯に溜めたウルリヒが、ボタボタと涙を落とすのが見えた。

「お、お前……。またそんな、大の大人が、あられもなく泣くんじゃないの……」

ライネリアは掠れた声で叱った。何度も言うが、自分はこの男の涙にてんで弱いのだ。泣かれると、泣きやませるためになんだってしてやりたくなってしまう。

ライネリアの台詞に、ウルリヒが堪え切れないといったように瞼を閉じて、嗚咽《おえつ》混じりの文句を言った。

「ならば……ならば、泣かせるような真似はお控えください……！」

それからしばらく、ライネリアはしがみついて泣き続けるウルリヒを宥め続けねばならなくなったのだった。

＊　＊　＊

ライネリアはなんと、一週間昏睡状態だったらしい。

あの後、ようやく落ち着いたウルリヒから聞いた話では、ライネリアが倒れた後、激怒したウルリヒはあの場にいた盗賊たちを全員殺してしまったらしい。その迫力に恐れをなしたのか、狙撃手も逃亡したらしく、ウルリヒは死屍累々の現場を後にして、ライネリアを担いで屋敷へと急いだ。

肩に刺さった矢に塗られていたのは、毒矢によく使われる蛇の毒だったため、ウルリヒが屋敷に常備しておいた血清を使って処置し、ライネリアは一命を取り留めたらしい。

（ウルリヒが元蟻であったことを、今日ほど感謝したことはないわね……）

話を聞きながら、ライネリアは心の中でオイゲンに感謝した。

ウルリヒに毒矢の知識を与えたのは、彼だろうから。

　とはいえ、ライネリアはその後高熱を出して意識不明となり、ウルリヒをはじめとする屋敷の者たちにたいそう心配をかけることになったのだった。

「本当に、ありがとう、ウルリヒ……」

　彼の応急処置がなければ、自分は今頃あの世に行っていたのだと思うと、感謝せずにはいられない。ベッドに寝たままの体勢で話をするのもなんだからと、上体を起こしかけたライネリアを、顔色を変えたウルリヒが止めた。

「動いてはいけません！」

　滅多に聞かないウルリヒの怒鳴り声に目をパチクリさせながら、ライネリアは首を捻る。

「えっ……、で、でも……」

　目が覚めたのだし、起き上がるくらいはいいのではないだろうか。水も飲みたいし、なんならお腹も空いた。だがウルリヒは譲らなかった。

「頭も強打しているのです。医者が来るまで動いてはいけません。ベッドから一歩でも出れば、俺が首を斬ります」

　据わった目つきで宣言され、ライネリアは顔を蒼褪めさせる。

「えっ……私、殺されるの……？」

　思わずそう言ったものの、ウルリヒに首を落とされるならそれでもいいな、と思ってしまう。だがウルリヒはきっぱりと首を横に振った。

「俺が死ぬんです」

「……あ、そ、そうですか」

それは一番困る。

こうしてライネリアは、目が覚めたにもかかわらず、数日間ベッドから出ることを禁じられたのだった。

＊　＊　＊

ちくちく、ちくちくちくと白い布に針を刺す作業に、ライネリアはうんざりしていた。

医者からもう大丈夫だとお墨付きをもらったものの、ウルリヒから外出禁止を食らったライネリアは、手持ち無沙汰の解消のために、侍女に刺繍を習っていた。

「あ、ご主人様、そこは緑の糸を使わないと……」

「…………………もう無理」

侍女のダメ出しに、ライネリアは刺繍道具をポイとテーブルの上に放り投げる。

「私にはこういう繊細な仕事は向かない……」

「まあ、別に無理になさることもありませんし……」

嘆くライネリアに、侍女はそう慰めながらも、さっさと刺繍道具を片付け始めた。最初からライネリアが続くとは思っていなかったのがその行動からありありと見て取れて、ちょっと不貞腐れた気持ちになる。

確かに、誰もライネリアに刺繍なんぞやってほしいとは思っていない。

これは単に、読書にも、ピアノ演奏にも飽きてしまったため、屋敷の中で何をすればいいのか分からなくなった主に、侍女が苦渋の策として提案したものだったのだ。

「というか、ウルリヒはいつ帰って来るの……？」

ぼやくように言ったライネリアに、侍女がクスクスと笑う。

「ご主人様の代わりに、孤児院の視察に王都へ行かれたのですから、もう数日は帰られませんよ」

宥めるような口調に、ライネリアはますます不貞腐れたくなる。まるでライネリアがウルリヒの帰りを心待ちにしているかのようではないか。

（……まあ、実際にそうなのかもしれないけれど）

侍女の言った通り、ウルリヒはライネリアの代わりに、王都にある孤児院の視察に出かけた。ライネリアが創設し、名ばかりだが院長を務めているところで、毎年二度、必ず様子を見に行っていたのだが、今回は怪我でそれを見送る形となってしまった。

目が覚めてから一週間、医者はもう大丈夫だと太鼓判を捺《お》していったというのに、すっかり過保護になってしまったウルリヒによって、未だ外出禁止を食らっている状態なのだ。

ライネリアとしても、今回はウルリヒがいなければ死んでいたということもあり、あの涙を見た後では反論もできず、こうして従っているしかない状況だったのだが、いかんせん暇すぎる。

元々家の中でじっとしている性質ではないので、もう身体を動かしたくて仕方ない。目が覚めて以降は右肩の矢傷も化膿することはなく、動かせば多少痛みはあるものの、生活に支障のないレベルにまで治癒している。

侍女にまで迷惑をかけて、刺繍なんぞもやってみたが先述の通りの結果となり、まあとにかく、退屈なのである。

侍女は他にも仕事があるのか、刺繍道具を片付けた後、そそくさとライネリアの部屋を出て行ってしまった。普段ウルリヒとしか過ごしたことがないので、他の使用人たちとの交流はほとんどない。それなのに突然主人に絡まれて、さぞかし狼狽えたことだろう。

はあ、とため息を吐いて、窓の外を眺めてみる。

外に植えられた樫の木の葉が、風に揺れてさざめいている。

（……マレルナに抱えられて飛んだのも、樫の木の上だった）

思えば星見の塔のてっぺんからなんて、よく飛べたものだ、と思う。

まだ十五歳の少女が、それが任務だからと、自分と同じくらいの背丈の少女を抱えて、どうして飛び降りることができたのか。

（私だったら、できなかったよ、マレルナ）

意気地なしのお人形でしかなかったライネリアには、友達を抱えてあんな高い場所から飛び降りるなんて、きっとできやしなかった。

今考えても、マレルナはやはりすごい人だったのだ。

マレルナが救ってくれた命は、今また彼女の弟によって救われた。

(私が生き残った意味って、なんなのかしら)

そう自問して、やはり行きつくのは、父を殺した時に自分に立てた誓いだった。

「復讐の連鎖を、断ち切る……」

誰にも殺されずに、この身に背負った禍々しい連鎖ごと、一人で死ぬこと。

だがウルリヒがあの襲撃者たちを皆殺しにしてしまったことで、彼を半分巻き込んでしまったも同然だ。

それを思うと、罪悪感と、なんとかしなければという焦燥感に襲われる。

まだ、間に合うと思いたかった。

幸い、自分はまだ殺されていない。復讐の連鎖の端は、まだライネリアが握っている。この端を誰かに渡してしまう前に、ウルリヒを解放しなくては。

(あの盗賊たちは、確かに私を狙ってきていた)

ライネリアを裏切りの皇女と呼んだことから、彼らが父帝の信奉者で、ライネリアに復讐を果たそうとしていることは明らかだ。

戦において天賦の才があり、人を魅了するカリスマ性を持っていた父帝を、神のように崇める者たちがいることは知っている。正直に言えば、何故そんな連中に復讐されないといけないのだ、という気持ちがないわけではない。自分に復讐をする最も大きな権利を持つ者は、母か、父の親族、或いは兄や弟だ。もしかしたら彼らなら、ライネリアは復讐されても受け入れたかもしれない。

だが自分以外の一族を皆処刑された今、残念ながら彼らはもうこの世にいない。

その代わりに、ああいう輩が代わりに行っているのだろう。

そしてそういう輩がいてくれるからこそ、ライネリアは生き延びる理由をもらった気がしていた。彼らを待ち、彼らから逃げることで、生き延びることを許されたのだ。

ウルリヒの存在がこんなにも大きくなる前には、確かに自分は復讐者を待っていたのだ。

それなのに――。

「頃合いだわ」

ライネリアは微笑んで呟いた。

ウルリヒの手を放そう。もう十分だ。これ以上望めば、その先には破滅が待っている。

すとん、と腹に覚悟が落ちてきた。

不思議と、悲しくはなかった。これまでずっと苦しんできた葛藤すら、もうない。

ただ、ウルリヒへの清々しい愛情だけが、ライネリアの胸を満たしていた。

『ウルリヒへ

ちょっと盗賊征伐を手伝ってくる。
身体は平気だから心配しないで。
それで、もし、万が一、私が戻って来なくても、悲しまないでほしい。
それが無理なら、苦しまないでほしい。そして、誰も憎まないでほしい。
ずっと笑っていてほしい。
ウルリヒ、私はお前の笑顔が一番好きなの。
お前が幸福であることを、この世で誰よりも願っている。

愛を込めて　ライネリア　』

第五章　白

ライネリアが消えた。

　ウルリヒが留守にしている間に、国境付近で盗賊の襲撃があった。近頃、異民族の襲撃が増えていたため、国境警備軍がすぐに出動したのだが、ライネリアはそれに合流したという。戦いは苛烈を極めた。素人の集まりだと思われた異民族は、驚くほど統率されていて、軍隊と呼べるだけの集団だったのだ。更に強力な爆薬など、多様な武器を使用していたことで、国境警備軍を圧倒した。警備軍は敗走。だが、勝利を収めたはずの異民族軍も、波が引くように戦場から姿を消したという。

　ライネリアが参戦したと聞いた時、何故そんなことを、とウルリヒは叫んだ。ただでさえ森で盗賊の襲撃に遭って、大怪我を負っていたのだ。安静にしていろとあれほど口を酸っぱくして言い置いてあったのに、どうして戦いに行こうなどと考えるのか。

　そう思う一方で、彼女ならそうする可能性もあったと、後の祭りではあったが納得する自分もいた。

ライネリアが死にかけたことで記憶から飛んでいたが、森で盗賊に襲撃された時、盗賊たちが言った台詞を思い出したのだ。

『裏切りの皇女』――あれを彼女が気にしないわけがない。

実の父親を殺したことに罪悪感を抱き続け、自罰的な欲求を内に秘めているライネリアにとって、まさに待ち望んだ贖罪の機会に思えたに違いない。その後、近隣で襲撃が勃発したとなれば、自分が狙われていると感じてもおかしくない。

そうして参戦した結果、ライネリアは行方不明となったのだ。

(あの人は、消えるつもりだったんだ)

残された手紙を読めば分かる。おそらく自分と身体を重ねた時から、いつか離れるつもりだったのだろう。孤独の中に身を置こうとする彼女が、自分の傍を離れようとしないウルリヒに困惑しているのは見て取れた。

だが同時に、それを喜んでいることも知っていた。

ライネリアの本質は、寂しがりやで人が好きだ。孤独とは相反する性質であるくせに、罪悪感から己を孤独の中に置こうとするなんて、無理があるにもほどがある。

(さっさと俺に堕ちてくれれば良かったのに)

自分を許し、罰なんて受ける必要はないと理解し、ウルリヒに丸ごと愛されることを受け入れてしまえばいいのに。

だが真面目で頑固な彼女が、すんなりと納得しないことも分かっていたから、長期間かけて分からせるつもりだった。

（オイゲンと結婚するなどと戯言を言っているから、動くとしてもそっちの方向だと踏んでいたのに）

現場から少し離れた場所で彼女の乗っていた愛馬の死体が発見されたが、彼女の姿はどこにも見当たらなかった。

抗争では多くの戦死者を出し、戦場となった村も爆弾のせいで焼け野原となった。エスの組織を総動員して捜索させ、ウルリヒ自身も何度も現地に足を運んだが、その行方は三か月経った今も杳《よう》として知れない。

「おい、お前、ちゃんと寝てるのか」

肩を掴まれ、ウルリヒはハッとしてエスの顔を見た。

（……そうだ、今はライネリア様捜索の、報告を受けていたんだ……）

最近、こういうことが多い。

気がつけば思考の迷路に入り込んでいて、意識が現実から乖離《かいり》してしまうのだ。

「……寝ている。食べているし、体調は問題ない」

端的に答えながら、自分の行動を振り返って頷いた。

大丈夫だ。仮眠程度だが寝ているし、物も食べた。

そうしなければ、ライネリアが発見された時、すぐに動けない。身体は資本だ。『蟻』の訓練で、それは嫌というほど理解させられたから、万全を期している。

——ただ、悪夢を見て飛び起きることがあるだけだ。

その夢は、大抵ライネリアの死体が見つかるという類のものだ。

自分がこれほど分かりやすい性質だったとは。

構うなという言外の態度に、エスは気遣わしげな表情を浮かべつつ報告する。

「お前がこの間会ったセイン大司教だけどな、どうもきな臭い動きをしている」

セイン大司教の名前を聞いて、ウルリヒは苦悶に顔を歪めた。

この男に会うために屋敷を離れたばかりに、ライネリアを見失うことになってしまったからだ。ライネリアの代理で行った孤児院の視察など口実だった。だがそれはウルリヒの失態だ。誰の責任でもない。

「あのジジイ、お前以外からもたくさんの袖の下を集めているのは知っていたが、どうにもその金の使い道が分からなかった。贅沢をしているふうでもないし、それどころか私生活は清貧そのもの！　神様とやらのための新しい建物を建てた痕跡もない。貯め込んでいるにしても額がでかすぎるから、何か臭うと思って長期間かけて根気よく調べさせたんだよ。そしたらなんと、出てきたわけよ。ヤバそうな、変な工場が！」

エスの興奮した物言いに、小さな笑いが出た。以前なら気にもしなかったことだが、エスが自分のためにわざと大袈裟な口調をしていることが分かったからだ。

「変な工場……？」

「そうなんだよ。何か、油と、豚を大量に運び込んでるんだ。大鍋で何かを焚《た》いてて、ものの凄い匂いだった。何をやらかす気なのか」

「……石鹸《せっけん》工場か何かじゃないのか？」

　豚や羊の油で石鹸を作る方法はよく知られていて、修道院で尼僧たちがハーブを入れて作ったものを販売しているところもある。聖職者だから石鹸を作っていてもおかしくないだろうと思って言ったのだが、エスはプンスカと腹を立てた。

「ばかにすんなよ。それくらい俺が知らないわけないだろ。豚は内臓だ。脂肪じゃないんだよ。それに運び入れていた荷物の中には王水《おうすい》と緑礬《りょくばん》もあった。そんなもの、石鹸作りに使うわけないだろうが」

「王水に緑礬……？」

　ウルリヒは顎に手をやって考える。確かに不可解だ。王水は錬金術が流行った時に、金属を溶かす水と言われた強い酸性の液体で、緑礬は鉱物の名前だ。石鹸作りではまず使わない。

（待てよ……何か、引っかかりが……）

　同じ原料を集めてできるものを、どこかで見聞きした微かな記憶があった。

　ウルリヒは寝不足で鈍い頭を起こすように、拳で自分の額をゴツリと打つ。

「油と、豚、いや、生き物の内臓、ということか……？　それに、王水……緑礬……――

あれか！」

音にして羅列した言葉と、頭の中の記憶が重なる。

「それは、確かにヤバい工場だな、エス」

ウルリヒは目が覚めた気分で、エスの特徴のない顔を見た。エスはきょとんとしている。

「え、マジで？」

「思い出したよ。それらは全部、新手の爆薬の材料だ。それも、ほんの少しの量で山を吹っ飛ばすほどの威力のある、ね」

ニヤリと笑うウルリヒに、エスは細い目を丸くしてから、パチパチと瞬いた。

「は？　そんな爆薬が存在するの？　オイゲンの奴に習った覚えはないんだけど」

蟻の巣では、オイゲンによって既存の爆薬の種類と生成方法を習う。何もないところから武器を作り出すためだ。例えばただの砂や土、水や布からだって、武器は作り出せる。人を殺すためのありとあらゆる知識を、オイゲンは子どもたちに教え込んでいった。

特にエスはそれを学ぶことに貪欲な子どもで、蟻の中でも一、二を争う暗殺者だった。戦闘本能が強く、攻撃することが性に合っていて、暗殺者としての自分に誇りも持っている。だからこそ、自分の知らない爆薬の存在に驚いたのだろう。

「俺もオイゲンに教わったわけじゃない。これは辺境の採掘場の錬金術師から習ったんだ」

「採掘場に、錬金術師だって？」

エスは訳が分からないといった表情だ。確かに現場を知らなければ結びつかないものかもしれない。

「山の採掘場は、山を掘って鉱石を探し出す場所だ。山を掘るのは力仕事だし、時間と労力がかかる。だから、鉱物の埋まっていそうな深さまで一気に穴を開けるために、昔から爆薬が使われていることは知っているだろう？　爆薬を使うということは、その付近に爆薬を作る者がいるってことだ。だから採掘場の傍には錬金術師がいることが多いんだよ」

「爆薬って、錬金術師が作ってるのか！」

ウルリヒの説明に、エスは驚いたように声を上げた。

「一口に爆薬と言っても、驚くほどたくさんの種類がある。採掘場で使う爆薬はただ吹っ飛ばせばいいわけじゃない。土や岩だけを取り除いて、中の鉱石は無事、という最良の状況を作り出さなくてはならないからな。練達した採掘師たちは、その場に応じた数種類の爆薬を使い分けるんだよ。つまり、新たな爆薬を開発してくれる錬金術師は、採掘現場に不可欠ってことだ」

「はぁ、なるほど」

エスが感心したように言って、「で？」と首を傾げる。

「その採掘場の錬金術師が開発した爆薬というのが、威力が強すぎて使い物にならないと、一時話題になった。なんでも、一度で小さな山の三分の一を吹っ飛ばしてしまったらしい。大切な鉱物まで吹っ飛ばしてくれたと、採掘工の親方がぼやいていたのを聞いたことがある。その材料が、油と豚の内臓と、王水と緑礬だったはずだ」

「おいおい、マジかよ。山の三分の一って……。そんな危険な物を作ってるってことか、あの聖職者……どこが聖職者だよ。悪者だろうが」

それをエスに言われたらおしまいだ、と思ったが、口には出さなかった。その代わりに、ウルリヒは口の端を吊り上げる。

「だが、爆薬か……。俄然《がぜん》、面白くなってきたな」

聖職者が——それもヴィルニス王と懇意の大司教が、本当に爆薬を作っているのなら、なかなかの案件だ。

ライネリアが行方不明となったあの抗争が、オイゲンの領地の辺境で勃発したというのも、実に意味深長ではないか。おまけに、その戦いで異民族軍が使っていたのも確か爆薬だったと聞いた。同じ爆薬かどうかは分からないが、調べてみる価値はありそうだ。

「引き続き、大司教と工場を調べてくれ。武器を作っているのなら、必ずどこかに流しているはずだ。その相手が知りたい」

エスは「了解」と引き受けながらも、やれやれと首を鳴らした。

「でも、わざわざ弱みなんか見つけてやらなくとも、大司教もヴィルニスも、オイゲンを蹴落としたくて堪らないんだから、こっちの誘いにはすぐ乗るんじゃねえの？」

エスの言い分はもっともだ。ウルリヒが手に入れようとしているのは、大司教とヴィルニス王が万が一こちらの誘いに乗らなかった場合に脅すための材料だからだ。『オイゲンには既に妻がいる』という情報を提示すれば、脅さずとも事が済む可能性の方が高いことは、ウルリヒとて理解している。

　だがライネリアが行方不明となったあの抗争に、ヴィルニスの影がちらつき始めたのであれば、話は別だ。

「ライネリア様が消えたあの異民族との抗争には爆薬が使われていたらしい」

　その一言で、エスは理解したらしい。愉快そうに「ははん」と相槌を打って腕を組んだ。

「あの争いの裏に、ヴィルニス王がいるかもってことか」

「ヴィルニス王は、オイゲンとライネリア様が結婚されては困る人間の一人だ」

「まあ、一番困るのはお前だけどな」

　すかさず入れられた茶々を黙殺し、ウルリヒは低い声で続きを言った。

「だとすれば、ライネリア様を亡き者にしたい人物でもあるということだ」

「おっと。……なるほどな」

　ウルリヒの殺気に、「くわばらくわばら」とエスがわざとらしく身震いしてみせる。

（もし本当に、あの抗争がライネリア様を狙ったものだったとしたら……）

　その時はありとあらゆる手段を使ってこの手でヴィルニス王の首を落とし、ディプロー教会の前に晒してやろう。

　く、と喉を鳴らし、酷薄な笑みを浮かべたウルリヒを、エスが笑いながら揶揄《からか》った。

「おいおい、悪魔みたいな顔になってるぞー」

それがどうした、と鼻を鳴らすと、エスは両手を上げて肩を竦める。

「ま、俺は金がもらえればそれでいいからね」

そう言い置くと、ヒラリと手を振って窓の方へ歩いていき、音もなく猫のようにスルリと姿を消した。

相変わらず神出鬼没な奴だなと思いながら、ウルリヒは窓から入り込む外気にカーテンが揺れる様を眺める。

エスがいなくなったことで、シンと部屋に沈黙が落ちる。

無音の中、ぼんやりと立っていたウルリヒは、ストンと力が抜けたように椅子に座り込んだ。人に会うことで保っていた自制心が、フッリと途切れた感じだった。

頭も身体も、痺れるように重い。呼吸すらも億劫に感じながら、恐る恐る目を閉じた。

今なら、夢を見ずに眠れるだろうか。

一人になって、考えるのはライネリアのことだ。

爆薬を使われたと聞いてから、頭のどこかが麻痺している。

彼女が死んでしまったのでは、と考えることが怖い。

今ここにライネリアがいない現実を、少しだけでいいから忘れたかった。

「俺を置いて、どこへ行ったのですか、ライネリア様……」

どうか、生きていてください。

その願いは、口にすることすらできないでいる。

ややもすれば溢れ出しそうな孤独と不安の中で、ウルリヒはひっそりと眠りの中に逃げ込んだ。

＊　＊　＊

自分が知る炎は、碧色をしている。

鮮やかに、苛烈で、そして誰よりも優しい炎――それは、彼女の瞳の中にある。


戦場と化した王宮で、その人は女神に見えた。

炎の中から生まれたという、戦いの女神だ。

本来艶《あで》やかであろう黒髪には返り血がこびりつき、作り物かと思われるほど整った容貌も血で茶色く汚れていた。小さな顔《かんばせ》の中で、鮮やかな翡翠色の瞳が、それ自身発光しているかのように炯々《けいけい》と光っていた。

黒光りする甲冑を着た姿は、冥府の神が乗るという荒々しい黒馬を彷彿とさせた。漆黒のマントを翻して剣を振るい、歯を剥き出しにして咆哮を上げる様《さま》は、とても人間とは思えないほど恐ろしく、同時に息を呑むほど美しかった。

鬼気迫る様子であったのは当然だ。その時の彼女は、父帝を討つために反乱軍を王宮に引き入れた上に、自らも剣を取り、敵を薙《な》ぎ倒している最中だったのだから。

父である皇帝の首を取ったのは、彼女であったという。

女性でありながら血の繋がった父を討ったという豪傑《ごうけつ》っぷりに、一部の人間からは『魔女』などと言われもしたが、反乱軍が勝利を収め、帝国が解体された今の世では、彼女を英雄と称える者がほとんどだ。

——そう。彼女は、英雄だ。

他の誰でもない、自分が断言する。

彼女ほど高邁で、優しい、お人好しが、邪悪な魔女であるはずがない。

皇女でありながら、自分の身を守ることは後回しにし、いつだって誰かのためにその身を挺してしまう人なのだから。

それは、元『蟻』である自分たちが一番よく分かっている。

『蟻の巣』の子どもたちを救う——彼女は、それが自分の悲願だと言っていた。

そして実際、自分たちは彼女に救い出されたのだ。反乱軍の首領であったオイゲンは、自分の育てた『蟻』たちを戦闘に駆り出すつもりだったらしいが、彼女が猛反対をした。

『誰よりも戦争の被害者である子どもたちを、戦争に巻き込むことだけはしてはならない！』

彼女の言う通り、『蟻』たちは、未成年の子どもがほとんどだった。当時十三歳だったウルリヒはまだ大きい方で、半数以上が十にもならない幼い子どもたちだったのだ。

戦闘員となるために日々訓練をしていたけれど、自分より幼い同朋たちが戦争に連れて行かれていたかもしれないと思うと、胸にモヤモヤとしたものが湧いてくる。

自分はずっとこの嫌なモヤモヤを抱えてきた。

当時はその気持ちがなんなのか、具体的には理解できていなかったけれど、成長した今、それが理不尽への反発なのだともう分かっている。

振り返ってみれば、自分の過去は理不尽に塗れていた。理不尽に母を殺され、拾ってくれた姉を理不尽に殺され、自分もまた訳も分からない内から人を殺すための方法を叩き込まれた。

訓練は過酷で、もう死んだ方がマシなのではないかという目に何度も遭わされた。

『強くなれ！　さもなくば死ぬぞ！　生き延びるために、強くなるんだ！』

『蟻の巣』の管理者であり指導者でもあったオイゲンは、子どもたちへ向けた怒声の合間によくそう叫んでいた。

その度に、何故生き延びなければいけないのだろうと思った。こんな思いをしてまで生きる価値が、この世にあるのだろうか、と。

皮肉なことに、死ぬ思いをしたけれど、訓練は訓練だ。オイゲンの繰り出す試練は苛烈だったが、子どもたちを殺すことはしなかった。殺されないから、毎日生きるしかなかった。その繰り返しだった。

逃げたいと皆で言い合ったこともある。けれど物心ついた時には既に組織の中にいた自分たちは、『蟻の巣』の中以外で生きる術を知らなかったから、逃げ出すことすらできなかった。

『……お母さんがいたら、外に出られたのかな』

ポツリとそう言ったのは、誰だったか。自分より小さな男の子だった気がする。

その言葉を皮切りに、皆がしくしくと泣き始めたのが、妙に記憶に残っている。

――組織の外に、「誰か」が待っていてくれたなら。

戦災孤児である自分たちには、待っていてくれる人など誰もいなかった。

皆、その「誰か」を欲していた。ここから救い出してくれる手を求めていたのだ。

そして同時に、皆、分かっていた。都合のいい「誰か」などいない、そんな慈悲の手などないのだと、皆が諦めていた。

うっすらとした絶望の靄の中を生きていた自分たちの光となったのが、彼女だった。

彼女は『蟻の巣』の扉を開け放って言った。

『君たちは自由よ。もう戦わなくていいし、誰も殺さなくていい。君たちの自由を、誰にも侵させない。この私が、約束する』

だが自分たちは戸惑うばかりで、一向に外へ出ようとしなかった。

どうしていいか分からなかったからだ。

いきなり自由だと言われても、自由になった後、どうすればいいのかなど誰も教えてくれなかった。

『……自由になって、それから、どうしたらいいの？』

声を上げたのは、六つになる少女だった。

戸惑う子どもたちに、彼女は碧色の目を細め、困ったように笑った。

『……自由になって、好きに生きればいいのよ。でも、まだ好きなことが分からなければ、探していきましょう。これからたくさんのことを学びましょう。学んで、考えて、自分の生きる道を見つけるの。私が君たちを手伝うから』

そう言って手袋を外すと、こちらに向けて手を伸ばした。

手袋の中から現れた、意外なほどに白くて華奢な手が、今も脳裏に焼き付いている。

『蟻』であった子どもたちにとって、それは生まれて初めて差し出された手だった。

――あの日から、彼女は自分の生きる理由になった。

この世で自分の好きなものは、たった一つ、彼女だけだ
彼女が欲しい。あの燃えるように美しい、碧の瞳の女神を、自分だけのものにしたい。

あの瞳に映るためなら、火の中にでも飛び込んでやる。

こちとら、もう十年も前から、覚悟はできているのだ。

『ウルリヒ』

自分の名を呼んで微笑む彼女の姿が、眠りの名残と共に脳裏から消えていく。

消えないでくれと思う自分と、幻など要らないと不敵に笑う自分の両方がいて、意識がハッキリと覚醒した。

こめかみに伝う涙を拭って瞼を開く。

毎度夢に現れる彼女は、過去の記憶を走馬灯のように蘇らせては消えていく。

「……これで逃げたつもりですか？　俺を舐めないでほしいですね、ライネリア様」

込み上げてくる笑いの衝動を、奥歯で噛み殺して息を吐く。歯の隙間から吐き出される呼気が、酷く熱かった。

「……絶対に、あなたを逃がしはしない」

たとえ地の果てに逃げようとも、必ず捕まえてみせよう。

逃げればいい。

逃げて逃げて、そして最後には、全てが無駄だと分かるだろう。

その時が、鳥籠の鍵が閉まる瞬間だ。

＊＊＊

名前を呼ばれた気がして、ライネリアは周囲をきょろきょろと見回した。

だが見えるのは鬱蒼《うっそう》とした木々ばかりで、人の気配はない。

「気のせいか」

やれやれ、と肩を竦めると、気を取り直してまた落ち葉や枝を探し始める。これらは薪の燃料にするのだ。

「よし、こんなものかな」

拾った枝や落ち葉が両腕にいっぱい抱える量になり、ライネリアは満足して微笑んだ。これくらいあれば、明日の朝くらいまでは持つだろう。

薪が燃え続けるためには、かなりたくさんの落ち葉や枯れ枝が必要だと、ライネリアは最近知った。そんなことも知らないのか、とラムジには呆れられたが、呆れられて当然だと自分でも思う。ここに来て、まだまだぬるま湯のような世界に生きていたのだなと痛感させられてばかりだ。

燃料を抱え上げ、顔を上げたライネリアは、木々の間から差し込む陽光の角度から、その時間を知った。思ったよりも時間が経ってしまっていたようだ。

「おっと。早く帰らないと、日が暮れるわ。子どもたちが待っている」

独り言を言って、小走りに森の奥へと進んでいった。

＊　＊　＊

国境での異民族との戦闘中、遠くの方で爆発音が聞こえた次の瞬間、ライネリアは吹っ飛ばされていた。爆薬が使われたのだと、飛ばされている最中にやたらとゆっくりと動く景色を見ながら思ったことは覚えている。だが、その後の記憶はない。おそらく吹っ飛ばされて地面に叩きつけられた時に、頭を打って昏倒したのだろう。

気がついたら森の中の洞窟で、枯れ草の上に寝かされていた。

ライネリアの手当てをしてくれたのは、褐色の肌をした三人の子どもたちだった。皆、戦争で親を亡くした戦災孤児で、年齢は十歳にも満たないだろう。一番小さな子は見たところ、まだ五歳か六歳くらいだ。初めて会った時のウルリヒよりも小さい姿に、ライネリアは酷く胸が痛んだ。

保護者はおらず、子どもたちで協力し、死亡した兵たちが身に着けていた物を奪い、それを売ることで生計を立てているらしい。

ライネリアのことも、最初は死体かと思って身ぐるみ剝がしていたのだが、生きていた上に女性だったため、自分たちの住み処まで運んで手当てをしてくれたそうだ。

何故助けてくれたのかと訊ねると、一番年嵩の少年ラムジが少し照れくさそうに、メーテがお母さんを欲しがったからだと言った。メーテは一番年下の少女で、その次がアリという名前の少年だ。

三人はライネリアにとても親切だった。怪我を負ったライネリアの手当てをし、少ない食料を分け与え、三人が身を寄せ合う寝床に入れてくれた。

特に一番小さなメーテは、ライネリアに非常に懐いた。母親が恋しいのだろう。ライネリアをムウマ《おかあさん》と呼び、四六時中くっついて回る。

他の男の子二人は、メーテに遠慮してか、あまりくっついてくることはないが、それでも時折ライネリアに抱き締められるメーテを羨ましそうに見ていることがあった。よく考えれば、彼らもまだ母親が恋しい年頃だ。ライネリアは堪らない気持ちになって、腕を大きく開いて、三人纏めて抱き締めたのは、ついこの間の話だ。

怪我が治るまで、と思っていた子どもたちとの生活は、あと少し、もう少しと引き延ばしていく内に、あっという間に数か月が経過してしまった。

ライネリアは、盗賊の襲撃の一件で、復讐者が迫ってきているという強迫観念にとらわれてしまっていた。国境で勃発した異民族との抗争は、自分が目的なのではないかと思ったのだが、自分を探す追っ手が来ないところを見れば、敵の目的はライネリアではなかったのかもしれない。

（このまま戦死したことにすれば、ウルリヒを自由にできる）

そう決意し、ライネリアとしての人生を捨てる決意をしていた。

この子どもたちが大きくなり、独り立ちできるようになるまで見守った後、また一人で死に場所を探す人生も悪くないだろう――そんなふうに思って。

子どもたちとで住み処にしている森の中の洞窟に帰ると、子どもたちがまた何かを拾ってきたのか、敷布の上にたくさんの物を広げていた。

「何を拾って来たの？」

ライネリアが覗き込めば、三人はパッと顔を上げてこちらを見た。

「あ、おかえり、ライネ！　見て！　これ！」

嬉しそうに言ったのは、アリだ。どうやら、戦利品を持ってきたのは彼らしい。

敷布の上には黒パンや干し肉といった食料が並んでいた。

「どうしたの、これ？」

ライネリアは驚いて目を丸くする。こんなにちゃんとした食べ物を見たのは久しぶりだ。咄嗟に思ったのは、アリがどこかから盗んできたのではないかということだ。

盗んできたのならば、叱らなければならないと口を引き結んだライネリアは、満面の笑みで言うアリの答えに拍子抜けした。

「もらったの！」

「もらった？」

貴族の誰かが慈善事業でもしているのだろうか。だが、異民族との抗争直後のレンベルクの民が、異民族を助けるような真似はしないだろうから、異民族の裕福層だろうか、などと思案しながら首を傾げる。

「そう！　明日はもっとくれるって！　仲間も連れておいでって言われたの！　だから明日はみんなで行こうと思ってる」

「みんなって、子どもたちだけで？」

「そう！」

異民族の中に、肌の白い自分が姿を現せばどんな目に遭うかは分かり切っている。だから自分の姿が人に見られないように、なるべく森の中から出ないライネリアだったが、子どもたちの話に、何か不穏なものを感じた。

「私も行こうかな」

ライネリアの言葉に、子どもたちは血相を変える。

「えっ、ライネはだめだよ！」

「分かっている。だから、肌を見られないように、布で覆っていくわ」

「えっ……で、でも……」

言いにくそうに言葉を詰まらせる子どもたちに、ライネリアは怪訝な顔をした。

「肌を隠してもだめなの？」

重ねて問うと、アリが思い切ったように口を開く。

「……その人たち、肌の白い人間を殺すって言っていたんだ」

「殺す？」

過激な発言に思わず鸚鵡返しをすると、ライネリアの手を握ってラムジも言った。

「その人たちは白い肌の人間が嫌いなんだって。白い肌の人たちは、黒いおれたちを虐げて酷いことをしているから」

（活動家か……）

ライネリアは眉根を寄せる。異民族とレンベルクの民との間の溝が、ここまで深くなっていることに危機感が募った。

（レンベルクはずっと宥和政策を取って、異民族との間の摩擦を緩和しようとしてきたのに……。どうして……）

帝国が解体され、レンベルクの統治権がオイゲンに戻ってから、異民族との関係は回復しつつあったのに、突然関係が悪化したのは何故なのか。

(思えば、ハッキリとした悪化を感じたのは、ウルリヒと二人で牧場の柵を直したあの時くらいからだわ)

辺境周辺の村がいくつも襲われていたと、あの男たちが言っていた。

あの時期に、異民族との間に突然何か変化があったと考えられるのではないか。

無論、積もり積もった不満が爆発したのだとも考えられる。だがそれにしても爆発するきっかけになる出来事があってもいいはずだ。

「その人たちは、他に何か言っていなかった？」

ライネリアの問いに、ラムジが少し考え込むようにしてから答えた。

「えっと、悪い白い人間を倒すために、一緒に戦おうって……」

「……そうか。そこにはもう行ってはダメよ」

どうやら食べるにも困っている者たちを、食べ物で釣って戦争に引き込もうとしているらしい。

食料をもらえると思っていた子どもたちは、ライネリアの発言に驚いて文句を言ったが、ライネリアが「その人たちは危険なの。お願いだから、行かないでほしい」と頼むと大人しくなってくれた。

(食べ物で子どもたちを釣り、戦闘員に仕立て上げる……どこかで聞いたやり口だわ)

自分の父が『蟻の巣』を作り上げたのとほぼ同じやり方だ。

(……許せない……！)

ライネリアは拳を固く握る。

父を討つと決めた理由が、『蟻』の存在だった。本人たちの意思など関係なく、暗殺者に仕立て上げられ、使い捨てのように死んでいった子どもたちを思うと、今でも腹の底から湧いてきた怒りが煮え滾る。

(マレルナ……あなたのような子どもは、もう二度と作らせない……！)

愛する親友に心の中で誓い、ライネリアは準備を始めた。


翌日、ライネリアは子どもたちがその活動家に会ったという場所まで行ってみることにした。昨日準備した布を頭から被って顔をすっぽりと覆い、手も見えないように工夫してある。肌を見られれば、良くない事態になるのは目に見えている。

幸い、この辺りの異民族の中には、女性は肌を見せてはならないという掟のある民族もいて、ライネリアのような恰好をしている人は少なくないので目立たない。

人ごみに紛れるようにして教えてもらった場所に行けば、小さめのテントを張り、その前で大鍋で炊き出しをして子どもたちを集めている集団がいた。

(――あれだ)

ライネリアはしばらく観察することにして、近すぎない距離を保ってそぞろ歩く。

(大人の男が数人……おそらく、戦闘員だわ)

身体つきで分かった。鍛えていなければ、あんな体格にはならない。

屈強な男ばかりだったが、子どもたちには愛想よく、鍋の中の雑炊を気前良く与えていた。その奥では、食べ終えた子どもたちから器を受け取り、パンや干し肉などの入った包みを手渡している。おそらく、昨日アリが持ち帰ってきたのと同じ物だろう。

ライネリアは奥歯を噛み締めた。

(温かい食べ物だけでもありがたいのに、家で待つ家族の分の食料も……子どもたちが釣られないはずがない)

この集団に所属すれば、自分は食べるに困らないし、家族も食わせてやれる——そう思わせるには十分な餌だ。

だがその実、入ってしまえば子どもたちには自由などなく、人を殺す道具として消費される人生が待っているに違いない。

怒りを抑えながら観察を続けていると、不意にテントの中から小柄な者が現れたのを見て、ライネリアの心臓がドクリと音を立てた。

男性と同じ物を着ていたが、二回りは違う身体の作りで女性と分かる。何より、長く黒髪を後ろで一つに纏めて括っている。顔を晒しているので、その表情までよく見えた。

(——マレルナ!?)

その女性は、死んだはずのマレルナとよく似た顔をしていた。

心臓がバクバクと大きな音を立てる。喉が干上がり、暑くもないのに汗が湧いて出て、服の下がじっとりと濡れる。

（まさか、そんな……マレルナは死んだはず）

オイゲンが首を落としたと言った。そして父も、その首が落ちたところを見ていたはずだ。マレルナは殺されたのだ。だから、生きているはずがない。

（ただ似ているだけの人だ……！）

そう思い直すが、身体が震え出して止まらなかった。

彼女の傍に駆け寄りたいのか、逃げ去りたいのか、ライネリアには分からない。

（何をばかな。この肌を見られれば危険よ。早く立ち去らなければ……）

あの集団を調べるつもりで来たが、あの女性の存在に狼狽し、まともに動ける気がしなかった。まずは撤退しようと踵《きびす》を返したライネリアは、行く手を阻まれて目を見開く。

（しまっ――）

動揺していたせいで気づくのが遅れた。

ライネリアは見知らぬ男にあっという間に拘束され、顔を覆う布を剝ぎ取られた。

「やっぱり、肌の白い悪魔が混じっていたか」

男が冷たい声で言って、ライネリアの頬に唾を吐きかける。

後ろ手に縛り上げられたライネリアは、それを拭うこともできず、ただ男を睨み返した。

（油断した！）

後悔しても始まらない。とにかく、隙を見て逃げ出さねば、と男を観察しようとした瞬間、髪の毛を摑まれて引きずられる。

「ぐっ……！」

当たり前だが、痛い。まるで獣か物のような扱いに腹が立ったが、頭のどこかで父をはじめとする帝国民たちは、異民族に同じような扱いをしてきたのだと思い、奥歯を噛んだ。異民族たちが受けている理不尽を知りながら、何もできなかったお人形のライネリアも、また同罪だ。因果応報とはこのことを言うのだろう。

突き出されたのは、先ほどの女性の前だった。

女性はライネリアの顔を見て、驚いたように目を丸くしている。

（――近くで見ても、やはりマレルナに似ている……）

最後の記憶は、マレルナが十五歳の頃だったが、そのまま大きくなったような顔立ちに、ライネリアの視線は釘付けになった。

「周囲をウロチョロしていたので捕らえました」

「ありがとう。猿ぐつわを外してあげて」

声まで似ていると感じるのは、自分がそうであってほしいと願っているからだろうか。

敬語で報告されているところを見ると、どうやら彼女はここで上の立場のようだ。

男が猿ぐつわを外し、口が自由になったライネリアは再び視線を戻す。目と目が合った瞬間、女性はライネリアにニコリと微笑んだ。

「久しぶりですね、皇女様」

ゾワッと身体中の血が逆流した。

マレルナでしかない。

咄嗟に声を出せず、ライネリアは全身を戦慄かせながらマレルナの姿を凝視した。涙が込み上げてきて、ぼたぼたと零れ落ちて土を濡らす。

「……本当に、マレルナなの!?」

掠れ声で確認すると、マレルナは困ったように眉を顰めて笑った。

「あらまあ、ええ、マレルナですとも。それにしても、英雄であるライネリア様が、どうしてこんな場所に？」

飄々と答えるマレルナは、ライネリアと違ってずいぶんと平坦な声音だ。

それを不思議だと感じるには、今のライネリアは混乱しすぎていた。死んだと思っていた親友が生きていたのだ。狼狽えて当然だろう。

「わ、私は、この間の抗争で、爆弾に――」

訊ねられたことに素直に答えると、その言葉の途中でマレルナが声を上げた。

「あら！　あの時、あなたもいたのですか。それは残念。分かっていれば、私がちゃんと殺して差し上げたのに」

頭の中が真っ白になった。

今、マレルナはなんと言ったのだろう。

ただでさえ混乱していた頭が、まったく働かなくなってしまった。

「マ、マレルナ……!?」

蒼褪めて驚愕するライネリアに、マレルナはニッコリと微笑む。聖母のような、柔らかな笑みだった。

「私、あなたが大嫌いですから」

サラリと告げられた言葉に、ライネリアは沈黙する。言葉など出て来なかった。ライネリアは、マレルナを愛していた。唯一無二の親友だと思っていたし、家族よりも近しい存在だと思っていた。

「意外ですか？　まあそうでしょうね。あなたは私が大好きなようでしたから。私があなたを憎んでいるなんて、チラリとでも思わなかったのでしょう？」

ライネリアは愕然とする。マレルナは特段意地悪そうな表情はしていない。なんの感情も窺わせない微笑を浮かべているだけだ。

脳裏に蘇るのは、あの頃のマレルナの笑顔だ。マレルナはよく笑った。一番近くにいてくれて、誰よりもライネリアを分かってくれて、ずっと一緒にいようと約束した――。

紙のように白い顔色で黙ったまま見つめてくるライネリアに、マレルナが近づいてその顎を抓む。

「ふふ、その顔、いいですね。私はずっと、あなたの顔が絶望に染まるのを見てみたかった」

悪意の籠もった言葉に、ライネリアは瞼を閉じた。

（――これは、本当に現実なの？）

そう疑いたくなるほど、予想外の事実ばかりが出てくる。それも、ライネリアが信じたくないようなことばかりだ。

「いつもヘラヘラと笑って、泣けば許されると思っているそんなあなたを殺してやりたいと何度も思いました。あなたが何か失敗する度に、それは私のせいになり、後から酷い打擲《ちょうちゃく》を受けました」

マレルナの言葉にギョッとして、ライネリアは目を開く。

空色の瞳が目の前にあった。一緒に海を渡ろうと言って笑い合った、あの瞳だ。

「知らなかったでしょう？　あなたが私を特別扱いする度に、私は皇帝だけでなく、使用人たちからも殴ったり蹴られたりされていたんです。あなたが私を『友達』と言う度、張り倒してやりたいと思っていました」

「……そんな……」

マレルナが時折、知らない傷や痣を身体に作っていることは知っていた。心配すると、『これは訓練でできた傷なので』と説明されて、それを鵜呑みにしていたのだ。

「い、言って、くれれば……」

ライネリアが呟くと、マレルナはハッと嘲笑で一蹴した。

「言ってあなたがどうにかできたとでも？」

そう問われて、ライネリアはカッと頬を赤らめる。

——できなかった。その通りだ。当時のライネリアは、ただ父の、母の、そして周囲の顔色を窺うばかりの、弱虫で力のない娘でしかなかった。

「いつあなたのせいで殺されるか分からない毎日の中、逃げる機会をずっと狙っていました。皮肉なことにその機会は、まさに殺されそうになった時に得られましたが」

「……処刑される時、あなたを逃がしたのは、オイゲン？」

逃がすことができるとすれば、オイゲンしかいない。そう結論づけて訊ねると、マレルナはコクリと首を上下させる。

「ええ。皇帝が奴隷の顔をいちいち覚えていないことを良いことに、私の代わりにどこから見繕ってきた少女の遺体の首を、皇帝の目の前で落としたんです。オイゲン――あの男は厳しいけれど、肝心なところで甘い。『蟻』として訓練を受けていた時は大嫌いでしたが、今は感謝していますよ」

「……なる、ほど……」

ライネリアは深い吐息をついた。オイゲンならやりそうなことだ。今ならば、あの巨漢の妻になってもいいと心から思えた。

微笑みを浮かべるライネリアに、マレルナが顔を顰める。

「何を笑っているんです？」

「……いや、嬉しくて……。マレルナが生きていてくれて、嬉しいのよ」

マレルナの存在に驚いたし、衝撃的な告白もされて今も混乱はしていたが、あの時喪ったと思った親友が生きていてくれたことが、単純に嬉しかった。

心の底からの安堵と喜びに、またうっすらと涙すら浮かべていると、マレルナが剣呑な顔つきになっていった。

「……あなたのそういうところが、大嫌いでしたよ」

「え？」

「ご自分が今どういう状況なのか理解していますか？　あなたは肌の白い者を憎む組織に拘束されているんですよ。もっと危機感を持った方がいいのでは？」

そこでライネリアはようやく、これが子どもたちを集めて良からぬことを企んでいる組織だったことを思い出す。

「そうだ……！　子どもたちを集めて、どうするつもり!?　まさかとは思うけれど、『蟻の巣』と同じような――」

「おや、勘が鋭い。そうですよ。我々がされたように、子どもたちを集めて戦闘員を作っているんです。身体能力の高い子どもは育てますが、そうではない子も、身体に爆弾を巻き付けて前線に立たせれば、それなりに役に立ってくれますからね」

当たり前のように答えられて、ライネリアは顔色を変えた。

「子どもに、爆弾を巻き付けるですって……？　正気なの、マレルナ！　冗談でしょう!?何故!?　『蟻の巣』に入れられた子どもたちがどれほど酷い目に遭っていたのか、一番よく分かっているでしょう！」

とてもマレルナの言葉とは思えなかった。あの辛い境遇にあった者ならば、その悲惨さを十分理解しているはずだ。それなのに、どうして他者にそれを強要できるのか。

「ええ、分かっていますとも。だからこそ、何故それがいけないのです？　子どもたちは飢えていて、放っておけば餓死します。私のところに来れば、食べることには困らないし、仕事の仕方を教えてもらえ、その後に職だって確保できる。ただそれが、人を殺すという仕事なだけ」

「それが問題なのでしょう！」

「では問いますが、何故人を殺してはいけないのですか？」

とんでもない質問に、ライネリアはマレルナを凝視した。瞳の空色はあの頃のままだ。ライネリアの一等好きだった色。だが、それは炯々《けいけい》と狂気の光を放っていた。

「あなた方は、いとも簡単に私を殺したではないですか。私はあなたを守りました。多少怪我をさせたけれど、命を奪われるよりましだったはず。けれど、それを咎められて処刑された」

「マレルナ……」

「おそらく、皇帝の機嫌が良い時であれば、褒美をもらったのでしょうね。機嫌一つで簡単に左右される他人の生死。人を殺すことが悪いことならば、何故そんなに簡単に殺せたのですか？」

矢継ぎ早に繰り出される言葉に、ライネリアは項垂《うなだ》れる。

全てマレルナの言う通りだ。反論の言葉などなかった。

「申し訳ありませんね、ライネリア様。あなたと私は、相容《あいい》れることはないのだと思いますよ。……今も、昔も」

＊　＊　＊

執務室で書類を片付けている時に、閉めてあったはずの窓が開いたので、ウルリヒはため息を吐いた。

「どうしてドアから入ってこないんだ？」

「こっちの方が早いからだよ」

自分以外誰もいないはずの部屋に響いた声は、もちろんエスのものだ。声と同時にスルリと窓から入り込んできた姿に、ウルリヒは持っていたペンを置く。

「何か分かったのか」

「大収穫だぜ」

エスは自信満々に請け合うと、例のごとく、執務机にドカリとその尻をのせた。

「あの大司教の作っていた武器が、どこに流されているか分かったぞ」

ウルリヒはピクリと眉を動かした。

「どこだ」

「反レンベルクの過激派組織」

「あの抗争との関係は？」

「反レンベルクの有象無象の集まりだったようだが、規模を考慮すれば、その組織が一番でかい。軍を組織したのはその組織と考えていいだろうな」

間を置かずに繰り出される質問にも、エスは淀みなく答えていく。想定済みだったのだろう。ウルリヒは喉の奥から掠れた笑い声を絞り出す。怒りで頭が沸騰しそうだった。

「俺の予想が当たったってことだな」

つまりあの異民族の襲撃は、ディプロー教の大司教――ひいてはヴィルニス王が裏で糸を引いていたというわけだ。

元々オイゲンの取った異民族に対する宥和政策を、ディプロー教はよく思っていなかった。大陸で大きな領土を占めるレンベルクは、ディプロー教を国教としているものの、他宗教にも寛容で、レンベルク領内に異教の神殿を建てることも容認している。ディプロー教にしてみれば、裏切りに他ならない。肌の黒い異教徒を『悪魔の民』と呼んで差別するような宗教だ。神聖なるディプロー教を国教とする国に出入りすることだけでも、許しがたい蛮行に違いない。

そしてそのディプロー教の熱心な信者である現ヴィルニス王は、同時にライネリアの父である皇帝の熱烈な信奉者である。皇帝を殺したオイゲンとライネリアに恨みを抱いていて、殺す機会を虎視眈々と狙っていたのだろう。

「そして、異民族に武器を流して、レンベルクを圧迫ってか。宥和政策を取っていたオイゲンは、自国の貴族たちに責任を追及されるだろうし、これまで親和的だった異民族の感情も逆撫でることになるから、国内は混乱。その隙を突いて、自分こそが正当な後継者だって例のこじつけを掲げて、レンベルクに侵攻でもするつもりかねぇ」

状況を解説してみせたエスは、褒めて！　とでも言わんばかりに得意げな表情だ。

「そんなところだろうな。問題は、それにライネリア様を巻き込んだということだ」

ライネリアが勝手に参戦したと言えばそれまでだが、あの森での襲撃を考えれば、この機に乗じて、という気配は十分に感じ取れる。

おそらく、オイゲンとライネリアが結婚してしまうと面倒になるため、丁度辺境に住んでいる彼女を襲撃のついでに抹殺してしまえばいいとでも考えたのではないか。

ヴィルニス王が皇帝の信奉者であることから、ライネリアに恨みを抱く者を集めるのには苦労しなそうだ。

「制裁の対象を変更する」

ウルリヒは唸るように言った。

元々はオイゲンとライネリアの結婚を阻止するための調査だったが、ライネリアが行方不明である以上、その必要はもうなくなった。

そのライネリアを狙う大バカ者どもに、制裁を受けてもらわねばならない。

「はいはい。ヴィルニスと大司教、あとは――」

「武器を受け取っている組織だ。協力しているのか利用しているのかは分からんが、そんなことはどうでもいい。ライネリア様を攻撃したその事実だけで、万死に値する」

そう言って深く息を吐いたウルリヒは、楽しそうに笑っているエスに向かって宣言した。

「――全員、叩きのめすぞ」

自分からライネリアを奪おうとする者は、全て抹消してやる。

＊　＊　＊

人の話し声で、意識が浮上した。

（――ここは……？）

ライネリアは目を開いて己の状態を確認する。

鈍い頭痛があり、肩と手が痛い。あと、頬に当たる絨毯の感触から、拘束された状態で、どこかの部屋に転がされているのだと分かった。

（……テント、ではなさそうね。どこか、建物の中か）

薬を嗅《か》がされて意識を失ったことは覚えているが、ここがどこかは分からない。この酷い頭痛は、薬のせいだろう。

記憶を探るように眉根を寄せていると、足音が聞こえてビクリと身を揺らした。

「おや、目が覚めたようですよ、大司教」

愉快そうに言いながら近づいてきたのは、マレルナだった。

先ほど見た男物の衣装ではなく、異民族の女性用の衣装を身に着けている。華やかな紫が妖艶な美しさを持つ彼女によく似合っていた。

ライネリアは頭を擡《もた》げて部屋の中をサッと見回す。

どこかの屋敷の応接室のように見えるが、絨毯や家具が異民族風だ。ともあれ、貴族か商人か――権力者の住まいと思われる。

そしてマレルナの他に、もう一人恰幅の良い男性が椅子に腰かけてこちらを見ていた。

（……誰？）

驚いたことに、その人物の肌は白く、身なりや姿勢から、高い身分の者だと窺い知れた。

（マレルナは白い肌の者を嫌悪しているのではなかったの……？）

白い肌の人間と戦おうと勧誘されたと、子どもたちが言っていたはずだ。マレルナの周囲にいた人間たちも皆、褐色の肌の者ばかりだったのでそう思い込んでいた。

（しかも、大司教と言っていた）

そう呼ばれるのは、ディプロー教の高位の聖職者だけだ。

大司教は緩慢な仕草で椅子から立ち上がると、ライネリアの傍まで来て顔を摑んだ。じろじろと観察され、ライネリアはキッと睨みつけてやる。

「おお、このきつい眼差し！　皇帝陛下に瓜二つだな。かの方も翡翠のように美しい瞳をされておいでだった！　……ホホ、確かに、悪名高い『裏切りの魔女』で間違いはなさそうだ」

「おやおや、私の話をお疑いだったのですか？　それはとても傷つきます」

「イヤイヤ、疑うなど、まさか。だが、この魔女は先日の襲撃で死んだと聞いていたものですからね。この女の身に着けていた鎧《よろい》の破片が見つかったと聞いていたので、生きているとは思わなかったのですよ」

楽しげに会話をする二人を、ライネリアは眉を顰めて見つめた。

肌の黒い人間を『悪魔の民』と称して忌み嫌う宗教の聖職者が、何故マレルナと親しげに話をしているのだろう。

「しかし、敬愛すべき皇帝陛下の憎き敵をここで手に入れられるとは！　ヴィルニス国王陛下は、亡き皇帝陛下に心酔しておられましたから。……裏切りの魔女をこの手で八つ裂きにしてやりたいのに、オイゲンが保護しているせいで手出しができなかったと仰って」

「ああ、それで生け捕りにせよとのご注文だったのですね」

父の信奉者がこんなところにもいたのか、とライネリアは心の中でため息を吐く。

（……それに、私は自分の知らないところで、ずいぶんとオイゲンに守られていたようね）

自国の辺境に屋敷を構えてはどうかと提案してくれた時は、英雄であるライネリアの処置に困ってのことだと思っていたが、実際には守るためだったのだ。

「そうそう。だが死んだと聞いて、自らの手で殺せなかったことを何度も悔しげに嘆いておられました。さぞや、お喜びになられるでしょうな」

「おや、まだ魔女をお引き渡しするとは申しておりませんよ。……それ相応の対価を払っていただかなくては」

　大司教の言葉に、マレルナがわざとらしく肩を竦める。

「これは異なことを。これまで我々が対価をお支払いしなかったことがありますか？　あなたが一生かかっても稼げない大金になっていると思いますが？　それどころか、あなた方が確実に勝てるよう、爆薬もお渡ししたではないですか」

（爆薬ですって？）

　ライネリアは目を剝いて大司教を睨む。会話から、どうやら大司教とマレルナは、金で何かを取り引きしている間柄だと知れた。

（ということは……マレルナの組織は、この大司教という男に金で雇われて抗争を起こしているということ⁉）

　驚愕の事実に、ライネリアは頭がおかしくなりそうだった。

「その通りです。ですがこちらとしても、あなた方が『異教徒の仕業』にしたい悪事を肩代わりしているのですから、当然なのでは？　こちらも手塩にかけて育てた貴重な手駒を数多く喪っていますしね」

「……ああ、それで。手駒の数が足りなくなったから、次回からは『子ども爆弾』を使うということでしたか」

　子ども爆弾、の言葉に、カッと怒りが湧き起こる。

「お前たちッ……自分たちが何を言っているのか、分かっているの!?」

突然のライネリアの怒声に、二人が驚いたように顔を見合わせ、さもおかしそうに声を立てて笑い出した。

(何故笑えるの！　こんな悲惨で、おぞましいことを言いながら、何故笑ってなどいられるのよ！)

ライネリアは愕然とした。怒りよりも驚きの方が先立って、背筋がゾッと寒くなる。

「これはこれは！　悪魔の民の子どもがいくら死のうが、我々にとってはゴミ掃除でしかないのですよ、皇女殿下！」

「ゴ……ゴミ掃除!?　お前……！　マレルナ、この男はお前たちを利用しているだけよ！　聞いたでしょう！　肌の色で人を差別するような人間なのよ！」

半狂乱で叫ぶライネリアに、マレルナはうっすらと笑みを浮かべて首を傾げる。

「だから？」

一瞬、時が止まったかと思った。何を言っているのだろう、マレルナは。

「——だからって……」

「そんなことは先刻承知。私は人を差別したりしませんから、相手が肌の色で差別する選民思想を持つ鬼畜であっても、なんら問題ありません。大切なお客様には違いありませんから。お代さえしっかりといただけるのであれば」

「マレルナ!!」

ライネリアは叫んだ。何故、どうして、という疑問ばかりが頭の中を駆け巡る。

あの優しかったマレルナが、どうしてこんなふうに変わってしまったのか。

大切な弟なのだと、ウルリヒのことを語るマレルナを思い出す。あの頃のマレルナは、弟を大事にし、仲間を想っていた。ライネリアにだって、本当に優しかったのだ。

こんな凄惨なことを言う人間では決してなかったのに。

「ライネリア様、私は『蟻の巣』を出て、ようやく分かったのです。世の中は、金があれば大抵のことは解決する。思想や、主義や、信念などといったものは、なんの腹の足しにもならない。弱い者が力を得るには、金を集めることが最も効率的な方法なのですよ」

「マレルナ……！」

ライネリアは掠れた声で名を呼んだ。名を呼べば、あの頃のマレルナに戻ってくれるのではないかと、ばかみたいに祈って。

(私は、殺されるのでしょうね……)

あれほど復讐者には殺されないと誓っていたのに、と思うと、自分が情けなくなる。

だが、逃げなければと考える一方で、ライネリアはずっと自分を罰する復讐者を待っていた。

(その復讐者が――マレルナだったなんて、想像もしていなかった……)

悲しんでいるのか、もしかしたら喜んでいるのか――自分でも、もう分からない。

様々な感情が荒れ狂い、泣かずにはいられなかった。

ウルリヒに、大の大人が泣くなと言った日を思い出す。

（ああ、ウルリヒ。お前に会いたい……）

会ってどうするのかと、理性が囁く。どうするかなど、分からない。だが、ただ会いたかった。会って、あの顔に口づけて、抱き締めたかった。

ライネリアの涙がよほどおかしかったのか、大司教が耳障りな甲高い笑い声を上げる。

「ホホホ、さあ、ではマレルナ殿、魔女の代金の相談といきま――」

だが、楽しそうな大司教の台詞の途中で、建物を揺るがすほどの衝撃と、ドォン、という爆発音が響いた――。

第六章　紫

衝撃に目を瞑っていたライネリアは、もうもうと立ち込める土煙の中、壁に開いた穴から見えた姿に驚愕した。

「――ウ、ルリヒ……？」

小さな囁きだったが、ウルリヒの耳は感知したようで、海色の瞳がサッとこちらに向けられる。その足が駆け出そうと動いたのと同時に、ライネリアの首に刃物の冷たい感触が当たった。

「動かないで。あなたのご主人様が死ぬわよ」

マレルルナだった。ライネリアを背後から抱え、もう片方の手でライネリアの首に短剣を突きつけている。

ウルリヒはピタリと動きを止め、射るような眼差しでマレルルナを睨んだ。

（ああ、ウルリヒ……！）

不謹慎にも、ライネリアはウルリヒの姿を見て歓喜していた。助けてほしかったからではない。殺されると諦めた時に、心から彼に会いたいと思ったからだ。

(会えた。また、その顔を見られた……!)

そう思う自分が、どれほど彼を愛しているか、ライネリアはこの時初めて本当に理解していた。そして愛がこんなにも自分勝手な感情だということも、初めて分かった気がした。

ウルリヒを想うなら、彼の知らないところで死んだ方がいいに決まっているのに。

「おーい、女に気を取られてるから、動きが遅くなったんだぞ」

緊迫しているはずの状況でのんびりとした声がした。驚いてそちらを見遣ると、ウルリヒと同じくらいの年頃の青年が、伸びた大司教を縄で縛り上げていた。

(い、いつの間に……!)

爆発の振動で目を瞑っていたのは、十数秒だ。その間に大司教を昏倒させ拘束し終えるなんて、どんな早業だ、と呆気に取られてしまった。ウルリヒと一緒に現れたということは、仲間なのだろうが、一体何者なのだろう。

「やかましい」

「あら、ウルリヒだけじゃなく、エスまで来ていたの? 懐かしいわねぇ」

ウルリヒたちの会話に割り込んだのは、マレルナだった。

親しげな口調で語りかけられ、ウルリヒは眉間の皺を深くし、エスと呼ばれた青年は「うげぇ」と言いながら舌を出す。

「ねえ、ウルリヒ。この人、何か……似てるんだけど、俺の気のせいかな？　もし本人だったら、すげえ胸糞悪いんだけどぉ……」

エスがウンザリとした表情でぼやくのを、ウルリヒは顰め面で「黙れ」と叱った。

「……マレルナか。生きていたのか」

「会いたかったわ、ウルリヒ。エスもね」

悠然とした口調でマレルナが答えるが、ウルリヒもエスも信じられないような表情のままだ。無理もない。死んだと伝えられていた人が、突然生きて現れたのだから。

「ライネリア様を放せ」

マレルナの言葉を無視して命令するウルリヒに、マレルナは大仰な仕草で肩を上げた。

「まあ、久々に会った姉に挨拶もないの？　冷たい男に育ってしまったのね」

「……まさかお前がこの組織の首領だとはな。どうりで組織の構造が『蟻』と似ているわけだ。外道に堕ちたか」

弟からの鋭い糾弾にも、マレルナはコロコロと笑い声を上げる。

「まあ、生意気。でもご覧なさい、あなたの大切なご主人様の命は、私の手の中だわ」

ライネリアの首にあてた短刀をこれ見よがしに見せつけると、マレルナはその刃先を引いて皮一枚を斬る。

「……っ」

チリ、と一瞬熱さが走り、ライネリアは息を呑んだ。だが相手に殺すつもりがないのは、切り方で分かる。極力動かずにじっとしていたが、マレルナの切りつけた場所が頸動脈の真上であることに気づいて、ゾッとする。

元『蟻』らしく、急所を確実に捉えたその動きに、ウルリヒが狼のような唸り声を上げる。手出しをしたくともできない状況に苛立っているのだ。

マレルナはそれを見てまた嬉しそうに声を立てて笑った。

「ふふ、そうよ、お利口さん。あなたも『蟻の巣』の子どもなら分かるでしょう？　私はこの瞬間にもあなたの大切なご主人様を殺せるの。それが嫌なら、ちゃあんと命令に従いなさい。さあ、久しぶりの姉弟の再会だもの、少しお喋りをしましょうか。そこの椅子に座って」

この状況を楽しむような物言いに、ライネリアは思わず舌打ちをする。こうなってしまえば、ウルリヒは動けないし、ライネリアもまた然りだ。ライネリアは武人として強い方だが、残念ながら暗殺者としての腕があるわけではない。剣を振るって敵を薙ぎ倒すことには長けていても、少ない手数で確実に相手を仕留める接近戦は得意とは言いがたかった。

マレルナの指示に、ウルリヒは渋々従った。マレルナとライネリアが立っている場所の傍にある椅子に浅く腰かけると、次はなんだというようにマレルナを睨む。

ようやく見下ろせる距離になって、マレルナはウルリヒを上から下まで舐めるように観察すると、うっとりとため息を吐いた。

「ふふふ、とっても美しい男に育ったのね、ウルリヒ。あなたのお母さんも美しい女性だったけれど、また違う美しさ。姉として、とっても誇らしいわ」

ウルリヒの眉間の皺が深くなる。これはまた嫌そうな顔だな、とライネリアはこんな状況なのにおかしくなった。

「お前は醜いな」

ウルリヒがサラリとそんな返しをするから、ライネリアは目を剝いた。マレルナを怒らせるつもりなのだろうか。

「……なんですって？」

「ブスって言ってんすよ」

「あなたは黙ってなさい、エス！」

案の定、声音を一段低くし、怒りに滲ませる。マレルナに、横から面白がるようにエスが茶々を入れるから、緊迫した空気がどんどん霧散していく。

「俺は自分の容姿の美醜を特段意識したことがないが、あんたに指摘されるのは怖気《おぞけ》が走る。あんたは俺の姉のつもりだろうが、俺にとってはそうじゃない。あんたの記憶すらほとんどないくらいだ」

淡々と告げるウルリヒに、合いの手のようにエスが言葉を挟む。

「ま、俺らが物心つく頃には、あんたはもう『蟻の巣』を卒業してましたからねー」

それを聞いて驚いたのは、ライネリアだった。マレルナの話ばかり聞いていたせいか、マレルナとウルリヒには確固たる絆があるのだと思い込んでいたのだ。

「だからあんたが生きていたと知っても感慨など湧かないし、まして今、ライネリア様の首に刃物を当てている以上、敵以外の何者でもない」

冷徹に言い切るウルリヒに対し、マレルナは首を傾げて不思議そうな顔をしている。

「ねえ、ウルリヒ。これまでずっと、あなたに話してあげなくちゃって思っていたことがあるの。あなたのお母さんの話よ」

まるで脈絡のないことを言い出すマレルナに、ウルリヒはさすがに閉口したのか、相槌《あいづち》すら打たなかった。エスも「話聞かねーなぁ」と肩を竦めて苦笑いをしている。

無言を貫くウルリヒに、マレルナは少し面白くなさそうに言葉を止めたが、すぐに気を取り直したように話を続けた。

「あなたのお母さん、名前はプリムローズと言ったわ。肌の色は黒いのに、名前が帝国風だから不思議で、どうしてなのか訊いてみたことがあるの。そしたら、プリムローズのお父さんは帝国の貴族だったらしいのよ。プリムローズの瞳の色はあなたと同じ碧だったし、嘘じゃないと思うわ」

マレルナは、歌うような口調で喋っていた。昔話が好きなのだろうか。とても楽しそうだ。隙を探すためか、ウルリヒはそんなマレルナをじっと見つめているが、まったく動こうとしない。

それもそうだろう、とライネリアは思う。

下手に動けないのだ。これだけくだらないことを喋りながらも、マレルナには一分の隙もない。ライネリアの動きを封じる片腕も、ピタリとあてられたままの短剣も、一定の力が込められたままだ。少しでもこれ以上の力が加われば、ライネリアはあの世行きだろう。

蟻の中でも特に優秀だったとされる身体能力は衰えていないらしい。

ウルリヒの眼差しに挑むように、マレルナが口の端を吊り上げる。

「私、プリムローズが大好きだったのよ、ウルリヒ。彼女は美しくて、優しくて、あんなふうになりたいって子どもに思わせるような、そんな女性だったの。憧れていたのよ」

語る内容はきれいだが、当人の行いが邪悪なので、何一つ心に響いてこない。

「プリムローズはね、異教徒の襲撃に遭った時、あなたを最期まで庇ったんでしょうね。あなたを抱いて身を丸め、そのまま事切れていた。あなたのことがとてもとても大切だったのよ」

「どうでもいい」

いい加減面倒になったのか、ウルリヒが唸り声で言った。

するとマレルナはわざとらしく眉を上げる。

「あら。思い出話は嫌い？」

「こっちはまったく記憶にないのでね。思い出話が好きなのは年寄りと相場が決まってる」

辛辣な物言いにも、マレルナはクスクスと笑うばかりだ。

「可愛くないこと。私が年寄りだとでも言いたいのかしら。まあいいわ。つまり、私とあなたは血の繋がりがなくとも、家族だと言いたかったのよ。私は家族なら大切にしたいと思っている」

「……何が言いたい？」

「私といらっしゃい、ウルリヒ。私はあなたのお姉さんだもの。この『裏切りの魔女』なんかより、ずっとあなたを愛してあげる」

今度はウルリヒが笑う番だった。彼は一瞬目を丸くした後、顎を上げて太い声で哄笑する。

「……何がおかしいの？」

思い切り笑い飛ばされてさすがに不愉快だったのか、マレルナが尖った声で訊いた。それに嘲るような視線を投げて、ウルリヒが答える。

「俺がお前の手を取ると？　ライネリア様の手を放して？」

嘲笑を浮かべるウルリヒに、マレルナは憐れむような眼差しを向けた。

「ねえ、もう自由におなりなさい、ウルリヒ。この女はあなたの足枷でしかないわ」

マレルナの言い草に、ウルリヒが眦を吊り上げる。だが声を発したのはウルリヒではなかった。

「それはどうかしら？」

ライネリアは笑いを含んだ声で言うと、素早く上体を反らせてマレルナの上に体重をかける。刃の方向とは真逆に動いたつもりだったが、それでも弾みで刃の先が皮膚に埋まるのが分かった。だが、今更だ。

まさかライネリアが動くとは思わなかったのか、マレルナが驚愕の表情を浮かべた。男並みに身長のあるライネリアと、小柄なマレルナとでは、体格の差がかなりある。おまけにライネリアは筋肉質で体重もあり、全体重をかけられれば、いかに優秀な暗殺者であっても体勢を崩すだろう、との目算は正しかったようだ。

一瞬の隙を、ウルリヒが見逃すわけがない。

「ライネリア様!!」

「今だ、ウルリヒ!!」

ウルリヒの怒号のような声と、ライネリアの矢のような指示はほぼ同時だった。

ライネリアの指示に、ウルリヒが歯を食い縛って剣を抜く。ライネリアの下敷きになるのを防ごうと、受け身を取りつつ離れたマレルナ目掛けて一撃が振るわれた。

(やった!?)

仕留めた、と思ったのは一瞬で、紙一重のところで身を捩ったマレルナが、ウルリヒの剣先を避けて床に倒れ込んだ。しかしそのままの勢いで身を一回転させると、素早く立ち上がり、手にしていた短剣を構えて不敵に笑う。

「交渉は決裂かしら」

「もとより交渉の余地などない」

言い捨てたウルリヒが、ちらりとこちらを見る。

その視線に、ライネリアは大丈夫だと笑って頷いてみせる。首に短剣があたったせいで血が流れていたが、頸動脈には達していないから、致命傷ではないはずだ。

それに短く頷き返すウルリヒに、マレルナが音もなく動いてウルリヒの懐に飛び込んだ。

「ウルリヒッ！」

思わず叫んだライネリアの手に、そっと触れる者があった。エスだ。

「あいつは大丈夫。それよりも、ちょいと失礼しますよ」

エスはそう言うと、首を押さえていたライネリアの手を外し、傷の状態を確認する。

「ああ、やっぱり動いたから急所はズレてんな。良かった良かった。姉さん手練れだから心配したけど、さすがにあの状況で急所は狙えなかったみたいだね。首を動かす筋はちょっと切れてるけど、ここなら治りますよ。まあ頸動脈まで行ってたら、意識なんかもうないだろうけどね。はい、じゃあちょっと痛いかもですが、消毒しますよ」

口を挟む間もないほどよく喋る男だ。こんな時に暢気だな、と感心すらしていると話の途中で、傷口にバシャリと無造作に冷たい液体をかけられた。

「うっ……!?」

痛いというより熱い。何をかけられたのかと焦ったが、匂いから酒精の強い蒸留酒だと分かって安堵する。どうやら医療の心得がある人間のようだ。

「今は道具がないから縫えないんで、押さえとくしかないっすね。太い血管は切れてないから、血はその内止まると思います」

簡単そうにエスが言うので、ライネリアは驚いた。縫うなんて、医師でもないとできないのではないか。

「縫う必要があるの？　というか、できるの？」

「できますできます。慣れてるんで、安心していいっすよ。そこそこザックリいってるんで、縫った方が治り早いし、痕もきれいだと思います」

あまりに軽く請け合われ、逆に不安になってしまったが、ライネリアは頷く。

「……そう。では、頼むわ。今は手持ちがないけれど、帰ったらちゃんと報酬を払うから、医師《せんせい》」

「ああ、いいっすよ、そんなん。あんたには借りがあるから。俺も『蟻の巣』出身なんで」

ヒヒ、とおかしな笑い方をしながら言われ、ライネリアは微笑んだ。これまでの会話から、そうだろうなとは思っていた。

「あんたの孤児院は肌に合わなかったけど、『蟻の巣』から抜けられたからこそ、俺は誰にも強要されず、自分の意思で生きていけてる。だからあんたには、感謝してんすよ」

エスの言葉に、ライネリアはじんと胸が熱くなった。

「……そうか」

それならば、良かった。自分のしてきたことが、少しでも誰かのためになっていたのなら、本当に良かった。

エスの言葉に安堵したせいか、視界が妙に霧がかっていく。

「あれ、ライネリア様……？」

訝しむようなエスの声が遠い。

（……ダメだ、ウルリヒの無事を……）

確認しなくてはならないのに。

そう思うのに、霧はどんどん深くなり、やがて眠るようにライネリアは意識を失った。

＊　＊　＊

エスがライネリアに駆け寄ったのを視界の端に捉え、ウルリヒはホッと安堵する。

ようやくこれで敵と対峙できる。

「他所見をするなんて、余裕ね」

不愉快そうな声がして、間合いに入り込んだマレルナの短剣が閃いた。ウルリヒは瞬時に引いた右下肢に体重をかけ、上体を反らしてその一突きを避ける。

（――危ない）

狙われていたのは胸郭の真下――心臓を確実に狙うその正確な刃の軌道に、ウルリヒは気を引き締めた。最も優秀な『蟻』と言われた過去は、伊達ではないようだ。

（だが、負けるつもりは、ない！）

問答無用とばかりに長剣を振るってマレルナの持つ短剣を薙ぎ払う。重い一撃を受け切れず、短剣はアッサリとマレルナの手を離れ、部屋の隅まで飛ばされた。

丸腰になったマレルナは、それでも余裕を失わない。

長剣の刃が届かない距離を保ちながら、スッと異民族風のドレスの裾を持ち上げ、太腿に巻き付けてあった長細いナイフを手に取った。

「やれやれ……やんちゃに育ってしまったこと」

それらを数本指にかけるように持って、マレルナが構える。

「……投げナイフか」

「ふふ、長い得物《えもの》に対する時には、投げるくらいが丁度いいでしょう？」

笑いながら答えるマレルナに、なるほどと納得した。ウルリヒの剣はかなり刀身が長く、つまり間合いも長い。得物が短刀だったマレルナには分が悪い勝負だったのに、投げナイフとなれば話が違う。

（どうせ毒がたっぷり仕込んであるんだろう）

投げナイフは、それだけでは殺傷能力が低い。静止している相手に投げるわけではないので、急所に当てるのは至難のわざだからだ。主に敵を前にして逃亡する際の威嚇《いかく》に使うことが多いのだが、これに即効性の毒が塗ってあれば、当然ながら威力は倍増する。

つまりあのナイフが皮膚を掠めでもしたら、こちらの負けということだ。

ウルリヒは感心しながらも、素早く攻撃を繰り出していく。要は投げる余裕を与えなければいいのだ。

長剣の重さを感じさせないほどの速さで立て続けに攻撃を仕掛ければ、受け止める得物を持たないマレルナが、小動物のように動き回ることでそれを回避する。剣の軌道から逃れたマレルナが、近くにあった椅子を投げつけてきたので、それを剣で粉砕した瞬間、椅子の中から飛び出すようにナイフが現れた。

ち、と舌打ちをするのと同時に手首を返して剣を振り、刀身を盾にする。カンカン、と金属音が鳴り、ナイフが二本、絨毯の上に落ちた。

(――あと四本)

『蟻の巣』では投げナイフは六本一組で使用すると教えられた。ナイフは指の間に挟んで持つのだが、親指と人差し指の間は開けておく。親指は様々な動きの要となることが多く、塞がれると咄嗟の対応が遅れるからだとオイゲンは言っていた。親指以外の指は訓練しなければ動かすのが難しいが、慣れれば正確に的を狙えるようになる。

だが訓練を継続していなければ、手指の動きはあっという間に鈍ってしまう。

(どうやら、『蟻』時代ほどの訓練はできていないようだな)

マレルナの動きを見ながら、ウルリヒは見当をつけた。

記憶の中のマレルナは、すごかった。その動きは神業と言ってよかった。正確無比、呼吸一つとっても一分も無駄がない――人がこんな動きができるものなのかと圧倒されたものだ。戦っているはずなのに、舞のように美しい動きだったのだ。

だが今のマレルナには、その完成された美はない。動きにキレはないし、筋肉が足りないのか、己の身体の重量に振り回されているようにすら見受けられた。

(……おそらく、年齢もあるのだろう)

あの頃のマレルナはまだ十代前半で、女性として身体ができる前だったのだろう。女性は初潮を迎えると、脂肪を溜め込みやすい身体に変化する。その胎内で子どもを育てる性である以上仕方のないことだ。

マレルナの暗殺者としての絶頂期は、とうに終わっていたのだ。

ウルリヒは小刻みに攻撃を繰り出すことでマレルナを走り回らせ、小動物を狩る肉食獣のように徐々に獲物を追い詰めていく。

既に息の上がったマレルナは、自分の分が悪いことが分かっているのだろう。余裕のなくなった表情で、三本目、四本目のナイフをウルリヒの顔面目掛けて放ってくる。

(残り二本)

それらをヒョイと身体を傾けることで避けながら、お返しとばかりにマレルナの首を狙って剣を薙ぎ払った。鋭い一太刀に、マレルナが「クッ」と絞り出すような呻き声を上げて躱す。だが避け損ねた髪が刃を受けて、束ねた紐ごとバサリと床に落ちた。

「……っ、髪は女の命なのに……! 無粋な男に育ったものね!」

憎々しげに叫んできたので、ウルリヒは片方の口の端を吊り上げる。

「まだ軽口を叩く余裕があるとはね、お姉様」

嫌味のつもりでそう呼べば、マレルナが皮肉っぽく笑った。

「あら。姉だと思わないいんじゃなかったの？」

「姉とは思っていないが、恩人だとは思っている」

言いながら右足を踏み込ませて間合いを詰めれば、逃げると予想していたマレルナが逆にこちらへ向かってきた。

「――――！」

左腹にガツリと硬質な衝撃を受け、そこに刃が刺さったのが分かった。と同時に、マレルナの忌々しげな舌打ちが聞こえ、ウルリヒは左手で剣を摑んだまま左肘を使ってマレルナの側頭部を殴打する。

「グァッ!!」

マレルナの悲鳴が上がり、その身体が吹っ飛んで、部屋の壁に叩きつけられる。

(力を入れすぎたか)

思いがけず遠くまで飛んだことに臍を嚙みながら、ウルリヒはマレルナの傍まで悠然と歩く。腹に刺されたナイフは一本だった。これで残り一本だ。

近づいて来るウルリヒに、吹っ飛ばされた衝撃で目を回しかけていたマレルナが、慌てて起き上がって臨戦態勢になる。

「……鎖帷子《くさりかたびら》なんて、元『蟻』がずいぶんと生温くなったものね」

その言い草に、ウルリヒは思わず小さく噴き出した。

先ほどのマレルナのナイフがウルリヒの肌を傷つけられなかったのは、身に着けていた鎖帷子のおかげだったのだが、そんな文句を言われるとは思わなかった。

「妙なことを言うな、あんた。鎖帷子なんて、戦場に出る兵士なら大抵は身に着けている」

「私たちは『蟻』でしょう！　『蟻』はそんなもの身に着けないわ！」

こちらの言葉に被せるように反論されて、ウルリヒは首を傾げる。マレルナは顔にハッキリと怒りと苛立ちを浮かべていて、それまでの人を食ったような笑みが消えていた。

確かに、オイゲンは子どもたちにそう教えた。暗殺は素早い身のこなしが不可欠だ。故にその動きを鈍らせないように、できるだけ軽装を心がけるようにと。

「攻撃は最大の防御、そう教えられたはずよ！　石に齧《かじ》りついても敵を殺すという誇り高い『蟻』の気概をどこへやったの!?」

声を張り上げてなおも糾弾するマレルナを、ウルリヒは片手を上げて止める。

「何か勘違いしているようだが、オイゲンが俺たちに防具を与えなかった理由は、『蟻』の誇りなんてものじゃない。俺たちが『使い捨ての道具』だったからだ」

冷酷な説明は、けれど事実だ。オイゲンはできる限り子どもたちが殺されないように鍛え上げてはいたが、同時に『蟻』を道具と見なさなくてはならなかった。異民族を蔑視する皇帝が納得する態度を取らなければ、オイゲンの命の方が危うかっただろうから。

ウルリヒの説明に、マレルナが愕然として絶句する。

「何を驚くことがある？　むしろ、あんたが今までそう考えなかったことの方が驚きなんだが」

　ウルリヒの知る元同朋の中で、『蟻の巣』の存在を憎んでいない者など一人もいない。ライネリアの孤児院で、人としての尊厳や幸福について学ぶからだ。エスのように、清廉な道徳観が肌に合わず飛び出す者も少なくないが、そういう者ですら、『蟻の巣』で行われていたことが、自分の尊厳を奪うことだったと理解していて、『蟻の巣』の存在には否定的だ。

　ちなみにエスの組織は、命を懸ける代わりに莫大な報酬が手に入るため、『蟻の巣』とは違うそうだ。確かに対価を得られるのと搾取されるだけであるのとはまったく違う話ではある。

「あんたも『蟻の巣』に恨みのある人間の一人だろうに」

　首を捻りながら付け足せば、マレルナが怒りの形相で叫んだ。

「恨んでいるに決まっているでしょう！　あんな組織に入ったから、私は……私の人生は壊されてしまったのよ！」

　その必死な表情を見て、ウルリヒはおかしくて堪らなくなる。長剣をその首元に付きつけ、剣先をヒラヒラと揺らしてみせながら言った。

「あんた、発言が矛盾しているのが分かっているか？　『蟻の巣』に恨み言を言うくせに、『蟻』の誇りだの気概だのとご高説を宣《のたま》う。あんた、自分の頭と価値観で、ちゃんとものを考えたことがないんだろう？」

ウルリヒの指摘に、ライネリアがギッと鋭い眼差しを向けてきたが、首元に剣先を当てられているせいで動きはしなかった。

ウルリヒはなおも続ける。この女はライネリアを傷つけた。殺すのは当たり前だが、その前にどん底に叩き落としてやらねば気が済まなかった。

「肌の白い者を憎み、『蟻の巣』もどきを組織して、自分たち異民族を蔑視するディプロー教と結託する――矛盾もいいところだ。金のため、などと言っているが、そもそも金のためならばオイゲンと組んだ方がよほど儲かることくらい、簡単に想像がつくはず。レンベルクは今や大陸一大きく裕福な国だ。オイゲンなら、元『蟻』が持ち掛けてきた話を無下することはないし、報酬だって弾んでくれただろう。にもかかわらず、敢えてオイゲンに敵対する方に加担することを選んだのは、少しでもオイゲンに復讐してやりたいと考えたから……違うか？」

おそらく、殺されるはずだったマレルナを逃がしたのはオイゲンだろう。あのジジイのやりそうなことだ、と思いながら、ウルリヒはマレルナを眺める。

(この女は、子どものまま大人になってしまったのだろうな)

主張が矛盾するのも、己の現在を過去のせいにするのも、自分の知るどの『蟻』よりも子どもじみて見えた。

他の同期のように、孤児院で育て直してもらう機会がなかったからなのか。

「『蟻の巣』に恨みを抱きながらそれを模倣《もほう》する――己の中の矛盾に向き合わず、過去の出来事を自分の都合のいいように語るのは、確固たる信念のない子どものやることだ。子どもは自分で考えようとしない。その時に都合のいい他者の考えを自分の考えと思い込み、それで失敗すればその他者のせいにする。自分に責任を持たないんだ。自分の人生が壊されたと言うが、あんたの人生はもう『蟻の巣』を出てからの方が長い。人生が壊れたのであれば、それは他でもない、あんた自身が壊したんだよ」

「うるさいうるさいうるさいうるさい――!!」

それまで睨みつけてくるだけで沈黙を保っていたマレルナが、ウルリヒの言葉が終わると同時に絶叫した。

「お前に何が分かる!!」

マレルナは叫んで、残った一本のナイフを摑んで斬りかかってくる。ウルリヒは敢えて突きつけた剣を引き、その柄を放した。剣が手を離れ、床に落ちる。それを見てマレルナが目を丸くしたものの、これは好機とすかさず次の一手を放ってくる。

(さて、これでお前に分ができたはずだ)

『蟻』としての誇りとやらに縋っているマレルナが、丸腰の自分に負けたとなれば、悔しさで悶死するほどの屈辱だろう。

この愚かな身の程知らずを、甚振《いたぶ》ってやるのが楽しくて仕方なかった。

(ライネリア様からあれほど愛されておきながら……)

ライネリアが親友のマレルナをどれほど愛していたか、ウルリヒは知っている。自分を引き取ってくれたのも、マレルナの弟であるという理由からだった。ライネリアが自分を慈しんでくれていることは分かっている。それを喜んでいる自分もいる。けれど、その感情の根源にマレルナがいるのだと思うと、嫉妬心が湧かないわけがなかった。

同性だからだとか、死んだ人間なのだから、などという慰めを自分でかけたこともあったが、そんなものは無意味だ。自分はライネリアの愛情の全てが欲しいのだから。誰にも、欠片も渡したくない。

自分が喉から手が出るほど欲しているものを手にしていながら、それを投げ捨てた上に、ライネリアを害そうとしたこの女は、愚かすぎて——ただ殺すだけでは生温い。

悔しさと苦しさで悶絶させてやりたいと思うのは、致し方なかろう。

マレルナの目から涙がにじみ出ているのを見て、ウルリヒは笑い声を上げながら、最少の動きで難なくそのナイフを避けた。

「おやおや、泣いているのか？」

揶揄すれば、マレルナは更に激高してナイフを振り回してくる。

「ははは！」

人は図星を突かれると錯乱すると聞いたことがあるが、実際にここまで如実にそれを体現した人間を見たのは初めてだ。

このまま楽しんでも良かったが、そろそろライネリアの様子を見に行きたい。医療の心得のあるエスが駆け寄っていて、何も言ってこないので大丈夫だろうが、いい加減エスも見物に飽きてきた頃だろう。

「そろそろ終わりにしよう、姉さん」

自分の懐に入り込み、顎に向かって突き出されたナイフを避けると、マレルナの手首を摑んで捻り上げる。背の低いマレルナは、ウルリヒが腕を上げれば簡単に宙吊りにされた。すると脚を振り回してきたので、その腹部に拳を一発叩き込んでやれば、その衝撃に蒼褪めて大人しくなる。ゲホゲホとむせ返り、涙を流しながらマレルナは呻いた。

「……どうして、私ばかりがっ……！」

ウルリヒはため息を吐いた。そこで思考が止まっているのであれば、永遠に子どものままであるのも頷ける。

「どうしてあんただけだと思うんだ？　同じ境遇の子どもなんか山のようにいただろう。だが皆、自分の人生に責任を持って前に進んでいる。全てを他人のせいにして時間を浪費しているのは、あんたぐらいだ」

言いながら、ウルリヒはもう片方の手でマレルナのナイフをもぎ取ると、その刃を彼女の目の前で閃かせる。

脳裏に泣きながら止めるライネリアの顔が浮かんだが、微笑んで首を横に振った。

(俺は、あなたを誰とも共有するつもりはないんです)

「さようなら、マレルナ」

優しく囁いて、ウルリヒはそれをマレルナの首に押し当てた。

終章

ライネリアは不機嫌だった。

やたらと長いドレスの裾が纏わりついて、部屋の中を歩くだけなのに、縺《もつ》れて躓《つまず》きそうになる。

（ああ、もう、腹立たしい！）

無理やり着せられたコルセットが苦しく、呼吸がしにくい。その上、レースをこれでもかと重ね、真珠やら宝石やらを山ほど縫い付けられたドレスが重くて、動きづらいことこの上ない。この長身を更にでかく見せる気なのかという、ヒールの高い靴にしてもそうだ。

（全身を甲冑で覆った時よりも酷い！）

もはや拘束具と言っても過言ではない。

「ああ、もう！　なんなの、この衣装は。もしや逃亡防止のために着せられたのではないでしょうね!?」

口をついて出た暴言に困り顔で応えるのはオイゲンだ。国王らしく、金の縁取りのされた赤い豪奢なマントを羽織り、頭上には金の王冠をのせた正装姿だ。

「おいおい、機嫌を直してくれよ、花嫁殿」

宥めるような物言いに、ライネリアはギッと鋭い眼差しを向ける。

「こんなに仰々しい式だなんて言わなかったでしょう、オイゲン！　私はもっとひっそりとやりたかったのに！」

文句を言えば、オイゲンは顎に手を当てて「うーむ」と唸った。

「そうは言うが、王族の結婚式で仰々しくないものなんて、なかなかないと思うぞ」

文句を正論で返されて、ライネリアはウッと言葉に詰まる。

しかも大国レンベルクなのだから、盛大に祝われないわけがない。

「う、それはそうかもしれないけれど！　私は『裏切りの魔女』なのよ！　華々しい結婚式など、不似合いに決まっているでしょう！」

呻くライネリアに、オイゲンは「やれやれ」と言わんばかりに肩を竦めて言った。

「魔女がどこにいるんだ。ここにいるのは美しい花嫁だろう。さあ、もう機嫌を直せ。国民も待っているし……ほれ、待ち切れずに戻ってきたではないか」

オイゲンが顔を向けた方には、広いバルコニーへ出るドアがある。そのドアが開いて、外の歓声が一気に大きくなった。

バルコニーから現れたのは、見慣れた長躯《ちょうく》だ。逞しい身体を、今は白い花婿衣装に包んでいる。褐色の肌と対照的な白い衣装が、かえって艶めかしく見えるのは、ライネリアだけだろうか。

「ライネリア様」

金の髪を後ろで括ったウルリヒが、得も言われぬほど優しい微笑でこちらに向かって手を伸ばしてくる。

ライネリアは少し顔を赤くしてその手を取った。

ウルリヒはご機嫌で自分の腕の中に攫うように引き寄せると、その頬に口づけを落とす。

「何度見てもきれいです」

「……そ、そう」

今日既に二十回は言われた台詞に、ライネリアは懲《こ》りもせず照れてしまって、ボソボソと気のない返事をした。だがライネリアの素っ気ない返答も気にならないのか、ウルリヒは嬉しくて堪らないと言った口調でなおも続ける。

「ええ。誰かに見せるのが惜しいほど」

もういい、やめてくれ、とリンゴよりも赤くなった顔を俯けたライネリアに代わり返事をしたのはオイゲンだった。

「おいおい、その辺でやめておいてやれ。ライネリアはそういうのに慣れていないんだ」

「俺の妻のことで知ったような口を利かないでいただけますか」

途端に冷たくなった口調でウルリヒが言い捨て、オイゲンがしょんぼりと肩を下げた。

「やっと見つけた息子が冷たい……！」

「あと、許可なく俺の妻を見ないでください」

「あの、お父さんは、息子が狭量すぎて心配になるよ……？」

晴れて親子となったばかりの二人のやり取りに苦笑して、ライネリアは「もういいでしょう、行くわよ」とウルリヒを促してバルコニーへ出る。

肌に外気を感じると同時に、ワッと歓声がひと際大きくなり、花火の音が鳴り響いた。

「ウルリヒ王太子殿下！　ライネリア王太子妃殿下！　万歳！」

民衆から上がる万歳の声に、ライネリアとウルリヒは顔を見合わせて微笑んだのだった。


マレルナの一件の後、ライネリアは発熱して一週間寝込んだ。自覚がなかったのだが、どうやら数か月に及ぶ子どもたちとの野宿生活で、身体がすっかり衰弱してしまっていたらしい。体重など十キロ近く減っていて、自分でも驚いてしまった。

（……まあ、鏡もない生活だったから分からなかったわ……）

だが、親も家も失った者たちが、どんな生活をしているのか、身をもって知ることができる良い機会だったと思っている。

ラムジ、アリ、メーテの三人は、ライネリアが引き取って屋敷で暮らしている。最初は反対し、孤児院に入れるべきだと主張したウルリヒも、彼らがライネリアの命を救ってくれたのだと知ると、渋々ではあったが受け入れてくれた。

だが、ウルリヒも三人も、ライネリアは自分の、或いは自分たちのもの、という妙な認識があるらしく、屋敷の中でも喧嘩ばかりしているのが困りものだ。ウルリヒに関しては、大人げないの一言である。

だがばかみたいなことで喧嘩をしている姿を見ると、彼らが本当の兄弟のように見えてくるから、微笑ましくもある。

（……もしマレルナのことも生きていると知っていて、見つけ出すことができていたら、何か違ったのかしら……）

親友だった者のことを考えて、ライネリアは小さく自嘲する。もしものことなど考えるだけ無駄な話だ。過去を変えることなどできないし、自分たちは前を向いて生きていくしかないのだから。

マレルナは殺され、その一味は捕縛された。

ライネリアが昏倒している間に、ウルリヒとの死闘の末に亡くなったらしい。その亡骸は見ていないが、見なくて良かったのだとなんとなくライネリアは思った。

マレルナの組織に集められた子どもたちは解放され、ライネリアの作った孤児院へと送られることになった。

マレルナと結託していた大司教も拘束され、オイゲンの国へ戦争を仕掛けた証拠として武器工場も押さえられ、言い訳のできない状態となった。大司教の裏にいたと思われるヴィルニス国王は、自分は関係ないとしらを切り続けているが、これでレンベルクへの干渉は事実上できなくなったも同然だ。

そして、驚くべき事実も浮上した。

ウルリヒとエスの奮闘のおかげで憂慮のなくなったオイゲンが、ライネリアの見舞いがてら事情聴取に来た際に、それは発覚した。

話の途中、マレルナの発言に言及した瞬間、オイゲンが驚愕の表情で立ち上がった。

『プリムローズだと……!?』

『大声を出さないでいただきたい。ライネリア様のお身体に障ります』

オイゲンにはやたら厳しいウルリヒが注意した。そんなことくらいで障ったりするか、と突っ込みたくなったが、オイゲンがもの凄い形相のまま固まってしまったので、そちらの方が気になってしまった。

『どうしたのよ。オイゲン』

訊ねると、オイゲンは震える声で説明を始める。その目には涙が滲んでいた。

なんと、行方不明のオイゲンの妻の名前もプリムローズと言うらしい。

そして、ウルリヒが当時妻のお腹にいた子どもと同じ年であること、マレルナの語ったプリムローズの特徴が、自分の妻にぴったりと一致したことから、ウルリヒが自分の息子なのではないかということだった。

『まさか、そんなことがあるなんて……!』

ライネリアは額に手をやって、ひたすら仰天していた。オイゲンの妻の話ですら、物語や芝居のようだと思ったのに、まさか息子がウルリヒだなんて。

『こんな……こんな近くにいたなんて……！』

しまいにはオイゲンがおいおいと泣き出してしまったが、ウルリヒの方は非常に迷惑そうだった。さもあらん。『蟻の巣』でさんざん扱き抜かれた方としては、敵に「お父さんだよ」といきなり言われたようなものだろう。

『俺はこんな熊のような父親など要りません』

とすげなく断っていたが、オイゲンがピタリと涙を止めて出してきた提案を聞いて、態度を豹変させた。

『私の息子になるなら、ライネリアと結婚できるぞ』

『父上』

『息子よ!!』

『なんなの、この三文芝居は……』

感動など欠片も浮かんでいない顔で父と呼びかけるウルリヒと、咽《むせ》び泣きながら抱き着くオイゲンを見ながら、ライネリアは呟いた。

（まあ、結婚話は適当に言っているだけだろうし……）

と、サラリと流すつもりだったライネリアは、この後自分の甘さに歯噛みすることになった。

なんとオイゲンは、ウルリヒの存在を公にしてしまったのだ。

なんてことをしてくれるんだ、とライネリアは焦ったが、ウルリヒの方は知っていたようで、しれっとした顔で言った。

『ライネリア様を公式に俺の妻にできるなら、安い代償です』

『いや安くないわよ!? お前、王太子殿下になってしまうのよ!? っていうか、よくレンベルクの家臣たちも承認したわね!?』

確かにレンベルクは異民族に寛容な国ではあるが、それでも二十数年前、オイゲンと異民族との結婚に反対の声が上がり、プリムローズは内縁の妻とされたはずだ。

だが驚くライネリアに、オイゲンは意外そうに首を傾げた。

『肌の色なんぞ、我々白い者とて、日に焼ければウルリヒぐらいになる』

『そ、そりゃそうかもしれないけど……』

『実はな。……これは箝口令《かんこうれい》を敷いてまだ内密にしている話だが、先日、とある船が着港した』

『唐突に話が変わったわね』

ライネリアは突っ込んだけれど、珍しくオイゲンはそれに反応しなかった。奇妙な顔――武者震いをする時のような、興奮と恐れが混じった表情で、宙を見据えながら言った。

『千人以上を乗せて航海できる、見たこともない巨大な船だ。この大陸よりずっと南にある別の大陸から来たのだそうだ。我々が存在すら知らないほど遠い国だ。それほど長い航海に耐えられる船を造る高度な技術を持つ国ということだ』

ライネリアは、全身に鳥肌が立った。

『な、なんですって……！　それは本当!?　だとすればすごいことだけど……』

すごいけれど、それはそのまま国の脅威に直結する。

（もしそれが本当なら、この国の、いや、この大陸の、時代が一変するような話だ）

大陸内だけに留まっていた領土争いは、海を越えた国々とのものへ発展する。千人以上もの人を乗せて長距離の航海に耐えうる船を造る技術を持つ、その南の異国が優位であることは誰が聞いても分かることだ。

（もし攻め入られれば、この国は壊滅させられるだろう）

彼女と同じことをオイゲンも考えているようで、神妙な顔で頷いた。

『その船に乗っていたのは、黒い肌の人間たちだったのだよ』

『……！』

ライネリアは息を呑んだ。

なるほど、レンベルクの首脳陣が意識を変えるには十分な出来事だったわけだ。

『これからこの国は……いや、この大陸は、大いなる変化と脅威に耐えなくてはならない時代になる。肌の色で人を差別する感覚を、民の中から早急に払拭せねば、事態は悪化するばかりだろう。となれば、褐色の肌のウルリヒが王となることは、うってつけの「変化の象徴」となるはずだ』

『……逆に、変化を望まない保守派を刺激する結果になるんじゃないの』

ライネリアの指摘に、オイゲンはフンと鼻を鳴らした。

『私は国王として変化を選択するが、それに反対する者が私を廃するというならばそれがこの国の決断だ。まあ、その場合レンベルクは滅ぶだろうが』

あまりにあっさりと言い捨てるので呆気に取られていると、オイゲンは肩を竦める。

『時代を揺り動かす事件が勃発していながら、変化しない選択をするような国であれば、滅ぶだけの話だ。——丁度、ルキウス帝国がそうだったように』

その言葉に、ライネリアは目を閉じた。

『……そうね。その通りだわ』

オイゲンの言っていることは正しい。父の帝国は、ライネリアが手を下さなくとも遠からず滅んでいた。父の目指す方向は時代の流れとは真逆の方向だったから。時間は否が応でも流れていく。物事は常に変化するものだ。人も物も盛衰し、価値観は変動していく。物事も、国も、盛衰は必然だ。ただそれだけのこと。

『……けれど、ウルリヒはそれでいいの？』

オイゲンの理屈は理解した。納得のできる話だし、ライネリアとしてもオイゲンに協力したいと思うところだ。だが、時代の変化の象徴として王に祭り上げられようとしている当の本人は納得しているのだろうかと心配になって訊ねれば、ウルリヒはさも当然といった顔で首肯した。

『俺はあなたが手に入るのであれば、なんだってやります』

『い、いや……あのね……』

もうちょっとよく考えてほしい。

『この先、もの凄く困難なことが山積みになるのよ？　その船の国との友好関係をこちらが不利にならないように築き上げていかなければならないし、その上、未知の国が相手だから判断材料がほとんどない状況だし。それに――』

子どものような返事に頭を抱え、今彼がしようとしている選択の内容を噛み砕いて教えようとしたライネリアを、ウルリヒが止めた。

『まだ理解できませんか？　俺はどんな地獄でも、あなたとなら喜んで歩きます』

海のような深い青がまっすぐに自分を見つめて放たれたその台詞に、ライネリアは心臓を射られたような痛みを感じた。

『共に、地獄を……歩いてくれるの』

ライネリアは呆然として呟いた。

復讐の連鎖を断ち切るために、一人で死ななければと、それればかり考えていた。

けれど二人でも、その道は歩けるのかもしれない。

父を殺し、肉親を見殺しにした。その咎をこの身に受けなければいけないという意識は変わらない。だがその贖罪の形は、一人で死ぬことだけではないのかもしれない。

『あなたが王座に座ることは、間違いなく地獄への入り口だわ……。でも私は、この国の変化の瞬間に立ち会ってみたい。そしてできれば、この大陸の民が幸福であるような結果となるように、尽力してみたい』

自分の願望は、きっと大それたものなのだろう。自分にそんな力があるなんて思えない。それでも、腹の底から湧き上がってくる闘志を、ライネリアはぞくぞくとした感覚と共に感じていた。

『この先も一緒に、生きてくれる？　ウルリヒ』

手を差し出しながら訊ねると、ウルリヒはくしゃりと鼻が崩れるように笑った。少年のような、満面の笑みだった。

『もちろんです』

＊　＊　＊

(なんなのこれは……!!)

ライネリアは心の中で絶叫していた。

視線を下げて自分の姿を確認しては、すぐに顔を上げて別の方向を見る。それを何度繰り返しても、見える物は変わらない。当たり前だ。

「夢じゃない……ですって……」

そんな妄言を吐きたくなるのには訳がある。

今ライネリアは、もの凄い下着を着せられて、王太子夫婦の巨大なベッドの上に座っていた。もの凄い下着というのは具体的に言うと、上質のシルクのレースでできていて、要するに、全部透けている。

もう一度言う。全部透けていて――大事なあんな場所やこんな場所が見えまくっているのだ。

「何も隠せてないじゃないの！」

破廉恥だ。破廉恥すぎる。

そんなものを自分が着ているかと思うと、恥ずかしいを通り越して居た堪れない。

おそらく女官たちが気を利かせて準備したのだろうが、まったくもって人を見て物を選んでくれと言いたかった。

「ど、どうしよう。こんなもの、着ているわけにはいかない……！」

なにしろ、今日は初夜だ。もうすぐウルリヒがやって来てしまう。

こんなものを着ているところを見られたら――。

（絶対抱き潰されてしまうに決まっている‼）

過去の経験から、ライネリアが予想外の行動を取った際、ウルリヒの目には『可愛い』と映ってしまうことを知っている。そしてその『可愛い』は夜の興奮度に直結することも。

「あわわわわ。は、早く脱がなければ……！」

まだ裸の方が被害は大きくないだろうと、慌てて脱ごうと腰の紐に手をかけた瞬間、ノックの音がしてウルリヒが姿を見せた。待ってくれ、まだ心の準備も下着の準備もできてない。

「ヒィ――――！」

「何故絶叫？」

ライネリアの叫びにも、ウルリヒは首を傾げるだけで特段驚く様子もなく、すたすたと歩いてベッドの上に上がってきた。

そして、咄嗟に身体の前で両手を交差させて下着を隠そうとしたライネリアの腕を摑み、力ずくで開いてその姿を確認すると、満面の笑みを浮かべる。

「ああ、良かった。ちゃんとこれを着せてくれたのか。準備した甲斐があった」

「お前が犯人か――――!!」

女官じゃなかった。

「可愛いです、とても」

「しばくわよ」

半分本気で言っているのに、ウルリヒはひたすら甘い笑みを浮かべて口づけをしてくる。ちゅ、ちゅ、と音を立てて可愛らしい接吻を顔中にされて、なんだかんだと怒りが収まってしまうから、つくづく自分はこの男に甘いなと、ライネリアは心の中でため息を吐く。

「ああ、首のリボンまでちゃんと着けてくれたんですね」

ウルリヒは、ライネリアの首に巻かれた下着と同色のリボンに指をかけて、蕩けるように笑う。

「……そんなに嬉しいもの？」

あまりに満足げな様子にライネリアが訊くと、ウルリヒは「当たり前でしょう」と何故か威張るように答えた。ついでに肩を揺すって羽織っていたガウンを脱ぎ、中の夜着もサッサと脱ぎ捨てていく。

「ちょ……なんで脱ぎ出すの!?　まだ会話の途中でしょうが！」

焦って窘めるが、ウルリヒは既に全裸になっていた。逞しい胸筋が部屋の照明で光っていて、神々《こうごう》しいくらいだ。

「あなたこそ、何を言っているんですか。今夜は初夜ですよ？」

「いや、それはそうなんだけどね……」

そこまでハッキリと言われてしまえば、反論のしようがない。がっくりと項垂れるライネリアを、ウルリヒはヒョイと抱き上げると、胡坐をかいた自分の上にのせる。

「折角なので、脱がさないまま堪能したいです」

「この変態！」

良い顔で宣言されて、ライネリアは胡乱《うろん》げな目を向けて罵倒したが、ウルリヒはどこ吹く風といったていだ。

額と額をくっつけてきて、鼻を擦り合わせる。犬のような仕草に、ライネリアは思わず微笑んでしまう。

（本当にもう……困った男）

唇を寄せられて、目を閉じ薄く唇を開いてそれを迎え入れた。入り込んでくる舌は熱く、情熱的にライネリアを誘う。愛しい男の誘いに乗らないほど無粋なつもりはなく、ウルリヒの髪を撫でながら接吻に応えていると、大きな手が下から掬い上げるようにして乳房を摑んできた。

薄いレースに包まれた白い肉は、褐色の手の中で容易く形を変える。それを楽しむかのように、ウルリヒは胸を揉み続けた。

相変わらず、胸がお気に入りのようだ。

乳房を揉んでいただけの指が移動し、胸の尖りを探し当てる。レースの上からそれを引っ掻かれて、ライネリアは小さく身動ぎをした。

「んっ……」

接吻の途中だから鼻声になってしまう嬌声に、ウルリヒの目は弧を描いた。からかうようなその目が気に食わず、ライネリアは腰を揺らめかせて、先ほどから尻の下に当たっていた硬いものを刺激してやる。

どうやら身に着けたレースの下着が絶妙のスパイスになったらしく、ウルリヒが熱い吐息を漏らした。

してやったりと笑うライネリアに、唇を離したウルリヒがにっこりと笑顔で言った。

「……俺の妻はおねだりがお上手ですね」

「えっ……」

おねだりなんかしていない、と焦るライネリアを他所に、ウルリヒは噛みつくような接吻をした後、ライネリアの乳房を摑み、齧りついた。

「あっ……！」

カプリ、と肉食獣のように噛まれたけれど、レースを挟んでいることもあり、実際には痛みはそこまでない。

「……ああ、やっぱりきれいですね」

唾液で濡れて更に透けたレースの下の乳首を見つめて、ウルリヒはうっとりと言った。

「お前って……時々、本当にバカなのかって思ってしまうわ……」

ライネリアは呆れながら言ったが、そんな困った男を可愛いと思ってしまっている自分がいるので仕方ない。

彼の後頭部に片手を添えてこちらを向かせると、海のように深い青色の瞳がこちらを見た。

（ああ……この目が、ずっと私を追いかけ続けてくれたから、私は今こうして、幸福の中にあるのね）

自分の罪に流されて孤独の中で死ななければならないと、妄信的に思い続けた八年間、傍にいてくれたのは、ウルリヒだった。思えば、ウルリヒがいてくれたからこそ、自分は孤独の中に沈まなくて済んだのだ。

そう実感し、じみじみとその美しい顔を見つめていると、同じように見つめ返していたウルリヒが言った。

「愛しています、ライネリア様。俺は、ずっとずっと、あなたに愛されるために生きてきたんです」

（ああ――）

知らず、涙がポロリと零れ落ちた。

「……私もよ、ウルリヒ。お前を愛し続けてきたことで、私は生き続けて来られた」

自分たちは、どうしようもなく一対なのだ。離れられるわけなどなかったのに。

「愛している」

ライネリアは愛を告げ、ウルリヒに自ら口づけをしたのだった。

あとがき

この本を手に取ってくださってありがとうございます。

世界にとっても、そして私個人にとっても激動となった昨年を乗り越え、二〇二一年最初の作品となったこの本を、イラストを担当してくださった炎《ほのお》かりよ先生と、担当編集者様と一緒に作らせていただけたことを、心から幸運だったと思っております。

美しく華やかな絵柄だけでなく、躍動感溢れる構図、豊かな表情、そして文章を深く読み込んでくださった上でのキャラクターの造形に、データをいただく度に感動を覚えました。炎先生からいただいたラフを見て、創造する欲をかき立てられ、くじけそうになる気持ちを奮い立たせました。炎先生、素晴らしい挿絵を、本当にありがとうございました！

そして、毎回私のプロット構築に、何時間も付き合ってくださる担当編集者様。私の「こういう話を創りたい」という大雑把な構想に、何本も支柱を立ててくださるおかげで、私は作品を書き上げることができています。いつも本当にありがとうございます！

この作品に携わってくださった全ての皆様に、感謝申し上げます。

最後に、ここまで読んでくださった読者の皆様に、心からの愛と感謝を込めて。

春日部《かすかべ》こみと

Sonya
ソーニャ文庫

この本を読んでのご意見・ご感想をお待ちしております。

◆ あて先 ◆

〒101-0051
東京都千代田区神田神保町2-4-7 久月神田ビル
㈱イースト・プレス　ソーニャ文庫編集部
春日部こみと先生／炎かりよ先生

狂犬従者《きょうけんじゅうしゃ》は愛《あい》されたい

2021年2月5日　第1刷発行

著　　者　春日部《かすかべ》こみと
イラスト　炎《ほのお》かりよ
装　　丁　imagejack.inc
D　T　P　松井和彌
編集・発行人　安本千恵子
発　行　所　株式会社イースト・プレス
〒101－0051
東京都千代田区神田神保町2　4－7 久月神田ビル
TEL 03－5213－4700　　FAX 03－5213－4701
印　刷　所　中央精版印刷株式会社

ISBN 978-4-7816-9690-4
定価はカバーに表示してあります。